L'enfant de l'aube

FANNY LEBLOND

Éditions
Terre d'Histoires

DU MÊME AUTEUR :

L'absente, Éditions Vents Salés, 2016

Demain ne suffit pas, Éditions Passiflore, 2013

Et au bout, l'Océan, Éditions Passiflore, 2012, Prix du jury Saint-Estèphe 2013

ISBN : 978-2-8246-1693-3
Code Hachette : 43 8915 0
Catalogues et manuscrits : city-editions.com/terredhistoires

Dépôt légal : Avril 2020

L'enfant de l'aube

Ce qui donne un sens à la vie
donne un sens à la mort.

ANTOINE DE SAINT-EXUPÉRY, *TERRE DES HOMMES*

Entre tous mes tourments entre la mort et moi
Entre mon désespoir et la raison de vivre
Il y a l'injustice et ce malheur des hommes
Que je ne peux admettre il y a ma colère
[...].
Tu ne supportais pas l'oppression ni l'injure
Tu chantais en rêvant le bonheur sur la terre
Tu rêvais d'être libre et je te continue.

PAUL ÉLUARD, *DIT DE LA FORCE DE L'AMOUR*

Voilà que tu n'es plus, ayant à peine été !

VICTOR HUGO, *CLAIRE*

Prologue

La vie avance, trébuche, laisse des cicatrices, des souvenirs autour de nous, les invisibles comme les appelait saint Augustin. J'aime à croire en leur présence. Certains manquent, cruellement. La peau est une frontière si infranchissable que la caresse aimante de l'esprit est tout à la fois douceur et brûlure. On se repaît de larmes. On étreint la douleur. Je pense à tous ceux qui m'ont aimée, qui sont partis vers d'autres cieux, que je porte en moi, toujours si proches, si bienveillants. Il y a aussi la présence de ceux que la vie avait éloignés et qui ne sont plus. Les liens du sang se défont à coups d'absence. On ne changera rien. Ce qui n'a pas été dit ne le sera pas, ce qui n'a pas été vécu… il est trop tard. Certains vivants sont plus absents que les morts.

Et puis il y a Hélène. Hélène que je n'attendais pas. Que je ne connaissais pas, mais sans qui rien ne serait arrivé. Vous dire Hélène, l'exposer à vos yeux, j'ai longtemps hésité. J'avais si peur de la trahir. De donner à lire une fausse vérité. Mais elle me pousse, me guide à travers son destin et de vous à elle, je vais vous raconter.

1

Soissons, fin octobre 1921

Regarder le quai reculer lentement, dans le nuage de vapeur voiler le déchirement.

Cœur entre crainte et légèreté, Hélène essuie du revers de son gant la vitre embuée. Une vague d'émotion teintée d'appréhension submerge le rivage de ses yeux. Premiers soubresauts du wagon, la porte du compartiment glisse. Au mouvement feutré, la jeune femme tourne la tête. Simple réflexe. Savoir qui partagera la première partie de son voyage. Elle ne peut s'empêcher de détourner les yeux. Côté intact d'un visage qui s'offre, symétrie brisée d'une mâchoire difforme, d'une paupière tombante à demi close dont elle peine à détacher son regard. La gueule cassée n'ose lui faire face pour la saluer et elle lui en sait gré. L'homme s'assied maladroitement à la place la plus éloignée, comme pour s'excuser d'être si laid. Dissimulée pour partie derrière un col haut : sa honte. Ce que l'obus a arraché. La blessure lui a ôté la parole, et c'est sans doute mieux ainsi. Jamais il n'aura à raconter, à dire, à donner corps aux atrocités. Il sort un livre de la poche de son manteau et plonge dans une lecture attentive. À l'extrême laideur de ses traits aujourd'hui, il refuse qu'on puisse imaginer que s'ajoute l'ignorance, aussi cultive-t-il un monde parallèle, fait d'essais philosophiques, de recherches scientifiques, d'innovations techniques. Il lit, il pense, il espère. Qui peut savoir de quoi demain sera fait ?

De nouveau, le paysage défile avec lenteur. La nature et sa délicate fraîcheur transparaissent et ne tarderont pas à recouvrir toutes traces de la guerre, quand lui reste monstrueux malgré les tentatives des chirurgiens pour lui redonner un visage humain. Cette femme est si belle, ne l'incommode-t-il pas ?

Sortis du bourg, les rails pénètrent des bosquets plus denses, les habitations s'estompent, la campagne encore écorchée s'étend entre les brèches. Son chapeau cloche qu'Hélène s'apprête à ôter avec désinvolture laisse entrevoir quelques mèches de cheveux bruns. Portés mi-longs, ils soulignent ses joues rosies par l'agitation du départ. Elle se ravise, se contente de pencher la tête pour constater l'effet dans son miroir de poche. Une femme tête nue en société s'expose à trop de familiarité, alors elle s'en tient à une position confortable tout en s'assurant que sa tenue est convenable. La demoiselle est soucieuse de son allure : ligne sobre, guindée, élégante, mais sans ostentation. Une robe pratique. La route sera longue, le voyage solitaire.

Elle doute. Pourra-t-elle endurer de passer plusieurs heures ainsi dans la promiscuité effrayante de la Grande Guerre ? Une sorte de curiosité malsaine la pousse à soutenir du regard le visage défiguré. Une indiscrétion morbide, pour s'assurer qu'elle a bien existé, cette satanée boucherie. Pour vérifier qu'elle est bien finie aussi. Elle qui ne l'a vécue qu'à travers les quelques informations que la censure paternelle laissait filtrer.

L'enthousiasme patriotique porté par le discours de son père déjà trop âgé pour être mobilisé avait égaré sa jeunesse. Étourdie de la bravoure des hommes relatée par les journaux niant l'horreur des combats, nourrie de prosélytisme civique, Hélène avait traversé la guerre dans une subjective sécurité.

Mais n'était-il pas aussi plus facile pour une jeune fille romantique de préférer les hauts faits des généraux, les exploits de l'aviation, aux récits des soldats aux membres arrachés, aux poumons brûlés, aux vies dévastées ? L'épopée des héros avait ainsi passé sous silence l'effroi du premier bombardement qu'elle avait vécu terrée, arasé les tombes improvisées jusque dans les jardins de l'hôtel de ville, versé à l'oubli les spectres des immeubles semblant danser accrochés à des façades noircies par les incendies, vomissant vers la chaussée les pierres de leurs voisins éventrés.

L'armistice signé, la victoire des Alliés avait fait taire les images de la cité mutilée, des arbres décapités, des hommes estropiés.

Vivre, danser, écouter un opéra, aller au music-hall, jouer un air de piano ou lire étendue au soleil, voir l'océan et même s'y baigner, naviguer. Voilà ce à quoi elle aspirait. S'envoler. Oui, pourquoi pas ? Voler. Elle monterait les avions et elle toucherait le ciel. Et au-delà du ciel, qu'y avait-il encore ? Son petit monde, intact de l'intérieur, lui donnait confiance en sa destinée. La guerre était finie. La vie ne faisait que commencer. Elle serait belle, quoi qu'il en coûte.

En 1918, Hélène n'avait pas encore vingt ans. Elle avait retrouvé Soissons, le cœur serré, laissant derrière elle des années d'exil doré pour une ville martyrisée.

Dans ce compartiment, trois ans après, la beauté pour moitié ravagée d'un visage humain n'est qu'un détail qu'elle balaie d'un revers de main comme la poussière sur son manteau et oublie dans l'instant.

Paris. Étape effervescente, bouillonnante. Le temps est compté avant la correspondance. Il faut faire vite. Et bien. Laisser ses bagages en consigne. S'extraire de la foule sur le quai. Gagner le boulevard.

Il y a bien longtemps qu'elle n'a vu autant d'automobiles. La chaussée n'est qu'un ballet désorganisé. Triporteurs, charrettes à bras et fardiers, voitures à cheval, attelages, camions, omnibus évoluent au rythme du sifflet des agents de ville. Elle reste figée, grisée par tant d'agitation. Le monde est bien vivant ! En tête de station, elle monte dans un taxi.

Quelques heures à peine pour trouver ce qu'il lui a été demandé de faire envoyer à Soissons. Les recommandations sont nombreuses, elle doit en tenir compte pour ne pas risquer de décevoir sa chère maman. Heureuse de retrouver l'excitation frivole des grands magasins, Hélène pénètre l'imposant bâtiment comme on entre dans un conte de fées. Plumes, rubans, tissus, chapeaux, robes et jupons, bottines emplissent l'espace saturé de présentoirs, de vitrines que couvrent des mains agitées, des regards crispés. Les employées courent, les clientes s'exaspèrent. Elle se raisonne, il n'est pas question de s'attarder entre les rayonnages, d'entrevoir les dernières nouveautés, ni même de s'intéresser aux prix affichés. Le temps n'est pas à la futilité, elle le sait bien et si ce n'étaient l'encombrement dû à son manteau et la crainte de mourir étouffée, elle se serait jetée à corps perdu dans la foule déjà dense en ce milieu de matinée. Si elle avait été Moïse, pense-t-elle, elle aurait fendu de son bâton cette mer humaine pour gagner l'étage des tapis et tentures, sa terre promise.

Lorsqu'elle y parvient enfin, du haut de l'escalier, elle contemple la marée mue par un plaisir d'achat compulsif. Prises dans une frénésie que la coquetterie seule ne saurait justifier, des femmes envoûtées par la proximité de tout un monde à consommer chassent les temps morbides à coups de lubies, de fantaisies devenues vitales, de caprices immaîtrisés. Une société qui panse ses plaies en s'adonnant à l'excès. Hélène sait raison garder. Elle veut aller loin, et cela demande de la rigueur. Elle s'en tiendra à sa liste de commissions.

Le vent glacial qui s'engouffre sous la verrière de la gare pousse la jeune femme, ses paquets devant elle. Des achats attentifs. Peu encombrants, mais qu'elle ne saurait soulever seule. Le porteur ouvre la voie. Le quai est aux adieux écourtés, transis. Ses bottines avancent malgré elle. Ses pieds, anesthésiés par le froid, sont les premières victimes de l'interminable matinée de piétinement dans la capitale. Déjà la locomotive aux ordres du contrôleur souffle ses nuages de vapeur. Elle hâte le pas, houspille le jeune homme devant elle. Avec le soulagement du devoir accompli, elle franchit finalement le marchepied avec légèreté. La route qu'elle s'est tracée s'ouvre à elle. L'employé des chemins de fer place les valises dans le compartiment.

Elle entre, salue discrètement les voyageurs. Déséquilibrée par la secousse du départ, elle se retient du plat de la main sur la cloison, glisse son bagage de ville et un petit colis sous son siège, s'assied avec délicatesse tout en dévisageant ses compagnons pour les heures à venir. Elle se félicite de l'achat d'un billet de première pour aller jusqu'à Bordeaux. Certaines dépenses valent d'être faites.

Elle est à dix heures du début de sa vie. Roger moins dix heures. Cela la comble de bonheur et peu importe si les femmes la regardent avec mépris, signant là plus de jalousie que de mésestime. Dans une ville rendue féminine à outrance par le manque d'hommes, rencontrer un mari était hasardeux. En dégoter un qui ne soit ni vieux, ni infirme, ni malade, ni hanté par les combats au point d'être rongé par la folie pouvait s'avérer complexe autant que laborieux.

Roger fait figure de héros. Dans les restes de ce monde ravagé, être heureux devient insolent. Bientôt elle sera Madame Duménieu. Cette pensée la fait sourire alors qu'elle ôte ses gants, assise contre la fenêtre. Madame l'épouse de l'adjudant Duménieu. Aucun doute d'ailleurs qu'il ne finisse commandant. Elle serait Madame la Commandante ? Elle ferme les yeux sur un soupir de satisfaction autant que de fatigue. L'après-midi commence à peine, elle sent la faim tirailler. Avec précaution, elle déplie un mouchoir sur ses genoux, d'où elle sort un morceau de brioche préparé par la mère Alice, comme lorsqu'elle était enfant et qu'elle partait à travers la campagne ramasser des baies pour les confitures. Un rayon de soleil traverse le panache de la locomotive. Le wagon bringuebale. Les têtes dodelinent au rythme des joints sur les rails. Hélène se laisse bercer. Une étape est franchie. Elle ne reviendra pas en arrière. Ce qu'elle abandonne derrière elle, elle l'aime profondément. Ce vers quoi elle va, cet inconnu lointain, ce rêve ensoleillé près d'Arcachon, cette vie qu'elle imagine, elle l'embrasse avec ferveur.

Elle a le droit de bousculer l'avenir. Elle a le droit de refuser de voir le champ des ruines, les existences brisées, les gueules cassées vendeurs de billets de loterie, les orphelins mendiants, les veuves inconsolables, les mères aux fils sacrifiés. Elle a le droit de vouloir vivre aujourd'hui dans cette liberté grisante d'enfant gâté.

Dans la toute-puissance de ses vingt ans, elle est partie.

Roger la rendra heureuse.

2

Les retrouvailles sont cet instant magique et saisissant où le doute questionne la réalité. Où chacun se demande si celui qu'il espère sera tel qu'il l'a quitté, si le temps et la distance n'ont pas altéré l'image de l'autre ou faussé la sienne. La peur du désenchantement cristallise les secondes, tient au bord du précipice les cœurs qui s'attendent.

Ils se sont promis l'amour. Une vie intense, pleine de joies, aussi vaste que le ciel, aussi longue que l'éternité. Hélène, à la descente du train, pose son regard sur celui qui lui tend la main. Son éternelle veste de cuir sur un pantalon de golf, sa casquette et ses lunettes de conduite achèvent une silhouette des plus agréables. Il est vraiment très bel homme, son aventurier.

Il est tel qu'elle l'a rêvé.

Elle est celle qu'il désire.

Cela suffit à sceller leur destin. Elle se jette à son cou, fi des convenances ! Elle est venue, pourquoi s'occuper de ce que peuvent bien penser de parfaits inconnus sur un quai de gare ? Elle a quitté Soissons, renoncé à ses parents. Elle ne s'est pas enfuie. Elle aurait tant voulu les emporter derrière elle dans ce bonheur tout neuf, se sentir forte de leur bénédiction. Mais ils ne la lui ont pas donnée, alors elle s'en est passée parce que rien n'est plus évident à ses yeux que cette existence promise aux côtés de Roger.

À Libourne, l'automobile s'engage sur la rue Chanzy face à la gare pour gagner la place Decazes. Hélène remonte le col de fourrure de son manteau. À demi cachée, protégée du vent, elle observe cette terre inconnue. Triste. Grise. Il n'y fait pas aussi froid que dans l'Aisne, mais avec la nuit, l'humidité est tombée, nimbant d'une brume pénétrante la petite ville girondine. Elle soupire doucement. Sans doute la fatigue du voyage altère-t-elle son humeur au point de rendre son jugement défavorable.

— Ma mère nous attend pour dîner, elle se réjouit de faire ta connaissance.

Hélène sourit à Roger, elle ne répond pas, sa voix ne saurait passer au-dessus du bruit du moteur et elle ne peut lui avouer à quel point elle est anxieuse, désireuse de faire bonne impression sur Madame Duménieu qui sera bientôt sa belle-mère. Depuis le décès de son mari, c'est André le frère aîné de Roger, commandant de la Légion étrangère, qui fait figure de chef de famille. Il ne sera pas présent, mais son ombre glorieuse plane sur cette présentation. Quelques mois à peine qu'elle a fait la connaissance de Roger et si ses propres parents ont été réticents à leur rapprochement, qu'en est-il de sa future belle famille ? Comment sera-t-elle accueillie ?

Ses yeux sombres que Roger entrevoit dans la lumière du dernier réverbère sont adoucis par un léger sourire qu'assagit encore la grande finesse de ses traits. Un voile de tristesse et d'inquiétude estompe la jeune fille pétulante qu'il connaît.

— Ne te tourmente pas ma chérie, tu es parfaite et ma mère t'adore déjà ! veut-il la rassurer.

La voiture fonce vers les quais de l'Isle dans la nuit noire. Hélène se laisse porter. S'abandonne. Maintenant, le sort en est jeté. Madame Duménieu mère n'aura pas choisi sa bru. Et alors ? Elle saura se faire apprécier. Telle qu'elle est et a toujours été : courageuse et volontaire. Une mère qui n'a que des fils ne peut être qu'heureuse d'avoir une fille, tente-t-elle de se persuader. En quoi donc Hélène déplairait-elle ? Elle a ruminé cela une bonne partie du trajet. On lui a appris à vivre avec simplicité, sans ostentation. La supériorité portée avec modestie en est d'autant plus grande.

La très belle situation de la famille d'Hélène peut faire autant d'admirateurs que d'envieux. Trop récente pour ne pas être suspecte. États-Unis, Chicago, l'univers automobile naissant a fait le succès de son grand-père Mouton. Son père, véritable visionnaire du progrès, doué en affaires, a suivi et pérennisé l'envolée de la fortune familiale. Il gère un portefeuille boursier important d'une main avisée, que les médisants qualifient de chanceuse. La période trouble qui s'achève rend douteux ce qu'en d'autres temps on aurait simplement dit osé et le statut de rentier d'Alexandre Mouton attise les convoitises, jusqu'au sein de sa propre fratrie.

Dès le premier contact, il y avait eu comme un vent glacial, une froide retenue des Mouton envers Roger. Présence indésirable, déstabilisation du schéma familial. Alexandre Mouton avait tout fait pour éloigner sa fille de celui qui n'était à ses yeux qu'un séducteur. Hélène, l'héritière, image conforme au modèle social, éducatif, religieux destiné à asseoir la position d'une famille, au bras d'un coureur de dot… À la froideur de son père s'était ajouté le désespoir de sa mère. Culpabilisant à souhait. Comment leur enfant unique pouvait-elle penser les abandonner ?

Ne l'avaient-ils pas assez aimée ? Ce n'était pas ainsi qu'ils l'avaient éduquée. Que dirait-on d'elle ? D'eux ?

Comme il était difficile d'être ainsi prise au carcan de la bonne société. Quelle mystification ! Vouloir à tout prix plaire à ceux qui n'attendent qu'un faux pas. Ils vous tolèrent à demi-mot, car la fortune impose bien des compromis. Mais si elle venait à manquer, existeriez-vous encore ?

Entre le respect aimant dû à ses parents et la vision d'un avenir imperceptible à leurs yeux, Hélène avait affirmé son désir d'indépendance. Elle renonçait à une immédiateté faite de confort, de facilité, de sécurité pour se piquer d'aventure. Un caprice, une fantaisie d'enfant gâtée, une passade… la réalité la rattraperait ! Du moins l'espéraient-ils. Son départ pour la Gironde n'a pas été chose facile, à elle maintenant de montrer qu'elle a pris la bonne décision.

Tout est à construire dorénavant. Cette inclination aussi inattendue qu'irrésistible pour Roger porte ses espoirs les plus fous. Il est tout ce qu'elle souhaite. Ce dont elle rêve et même plus encore. Il est son évidence. Il est l'autre chemin, celui qui a avancé, parallèle au sien, jusqu'au jour de leur rencontre.

Le conflit était achevé depuis à peine une année. Dans l'urgence, la reconstruction mobilisait toutes les forces, mais les fonds et la main-d'œuvre faisaient défaut. Les appels à la solidarité rapprochaient les familles dont une partie subsistait dans la zone rouge, là où le champ de bataille confondait terre et enfer. C'est Jeanne, chère amie avec qui Hélène avait partagé tant de bons moments depuis l'enfance, qui les avait présentés. Il était un cousin éloigné, originaire de Morcenx dans les Landes, en permission pour quelques jours, il était venu jusqu'à Soissons, mandé par sa mère pour prendre des nouvelles de sa tante, s'enquérir de l'état de leur maison et proposer son aide.

Là où le manque de tout laissait les réfugiés par milliers sous des abris de tôle ou de bois, les liens familiaux se resserraient autour des survivants et les hommes se déplaçaient en nombre pour apporter un soutien, pour tenter de retrouver un disparu, pour simplement voir, toucher du regard cette ligne de honte. Le champ du massacre. Fort heureusement, la famille de Jeanne, tout comme celle d'Hélène, avait bénéficié de l'accueil de parents et pu s'éloigner des zones de combat. Pourtant, dès le printemps 1918, fort de la présence sur le territoire français des troupes du corps expéditionnaire américain du général Pershing, Alexandre Mouton, sans attendre la fin du conflit, avait choisi de rentrer à Soissons avec sa femme et sa fille Hélène. La ville était proche de la ligne de front, mais il se devait de marquer sa confiance dans la victoire imminente des alliés. De retour chez eux, il avait constaté qu'une fois de plus l'insolente chance avait épargné les siens. Leurs maisons, laissées aux bons soins de la mère Alice et du père Léon, domestiques à qui on avait confié les clés, les réserves et les meubles qu'on n'avait pu emporter, étaient intactes. Cependant, les combats étaient loin d'être terminés et la ville reprise par les Allemands au mois de mai allait souffrir encore. Les habitants continueraient à se terrer en leurs caves, priant le ciel d'épargner leurs abris, leurs vies.

En ces temps les vivres manquaient, l'approvisionnement depuis Paris était aléatoire et la campagne ravagée ne donnait plus. Pourtant au 12 rue de Guise, on pouvait regarder le bouillon dans les yeux, toujours agrémenté de sa volaille, les provisions emplissaient le garde-manger. Sans opulence, sans indigence non plus.

Hélène s'était accoutumée au bruit sourd du canon qui tonnait alors qu'elle repassait ses gammes au piano. Elle enchaînait « *con fuoco*, puisque c'est ce qu'ils veulent ! » pour couvrir le grondement de l'artillerie. « Si les hommes sont fous, disait-elle, je serai plus folle qu'eux ! » Rien ne semblait pouvoir l'effrayer. Pas même lorsque les vitres avaient volé en éclats, ou que le sol avait tremblé et que s'était effondrée la murette de pierre au fond du jardin sous un tir d'obus, dont l'un qui n'avait pas explosé narguait les occupants de la maison, planté bien droit au cœur de la pelouse.

Furieuse, elle s'était alors levée. Tempêtant contre la barbarie de la guerre qui ne laissait pas les jeunes filles étudier la musique en paix.

— N'ont-ils pas assez de ruines ? Que leur faut-il de plus ? La cathédrale est à terre, les ponts sont coupés, les routes sont dévastées, veulent-ils mon piano aussi ? vitupérait-elle.

Sa mère tentait de la raisonner, l'appelait à s'abriter à la cave, mais elle n'entendait rien. Non, elle refusait. Elle n'était pas revenue chez elle pour se cacher. Elle défiait la fatalité de l'arrogance de sa jeunesse. Elle poussait l'effronterie au-delà du courage, jusqu'à l'inconscience. Affirmait une liberté de ton qui convenait peu à la jeune fille que ses parents attendaient.

Lorsque, le 2 août 1918, du sommet de la cathédrale flotta la ceinture rouge du lieutenant Grand pour informer la population soissonnaise de la libération de la ville, Hélène sortit dans la rue, nu-pieds, agitant le rideau du vestibule qu'elle venait de décrocher. Unique pièce d'étoffe rouge qu'elle ait trouvée... Derrière elle, la mère Alice aux cent coups courait en s'essuyant les mains sur son tablier. Cette petite aurait sa peau...

La paix, l'arrêt des combats... Tout avait cessé du jour au lendemain. Plus aucun bruit. Seul résonnait le cliquetis des chenillards tirant leurs tombereaux de cadavres.

Madame Mouton mère mit un point d'honneur à recevoir de nouveau pour le thé chaque semaine. Le mercredi était son jour avant guerre, il en serait de même après. C'était sa reconstruction personnelle. Reprendre la vie là où elle l'avait mise entre parenthèses. Hélène et ses amies étaient en âge de se marier. Les prétendants, eux, étaient encore mobilisés, combien reviendraient ? Des partis envisagés, le compte était vite fait. Exclure les grands blessés, écarter les infortunés, repousser les débauchés, refuser les déserteurs, les lâches, les planqués notoires… Un beau pedigree se doit d'aller avec une conduite héroïque et une ou plusieurs citations faisaient briller les yeux des mères, et parfois des filles. Il fallait rétablir les usages de la bonne société afin de garder son rang. Peu d'élus franchirent le cap du thé du mercredi. Le cercle restreint des connaissances et amis avait lui aussi subi de lourdes pertes et on parlait plus souvent des morts, regrettant la beauté de l'un, l'esprit d'un autre, la fortune d'un troisième, que des vivants. Tout était à reconstruire.

Le désobusage et la mise en sécurité des ruines avaient été la préoccupation première des villes martyres. Les hommes manquaient et la contribution des prisonniers de guerre était une piètre aide. Comment leur demander du cœur à l'ouvrage ? À la défaite, on ajoutait l'outrage. Pourtant il fallait bien qu'il y ait réparation. On avait trop souffert. Le volet financier était au cœur des bureaux ministériels. Comment chiffrer ? En haut lieu, on travaillait à la détermination des sanctions qui seraient prises à l'encontre de l'Allemagne et de ses alliés. Des campagnes, des villes, remontaient les doléances. Occupations, expulsions, exactions, pillages, préjudices matériels et moraux. L'heure était au déballage, à l'inventaire, lorsqu'à l'arrivée de l'hiver, à la présence cachée de projectiles non éclatés, aux restes de sabotage laissés par les Allemands en déroute, aux difficultés de circulation sur les routes, aux entonnoirs d'obus comblés de manière hasardeuse avec le tout-venant des démolitions des villages était venue s'ajouter la grippe espagnole. La mort, encore et partout. La peur, la suspicion avaient alors changé la face de l'ennemi. Danger intime, invisible, dérangeant. On pointait du doigt les étrangers, les milliers de coolies chinois venus par trains spéciaux pour accomplir les basses besognes, les immigrés qu'on évitait. Tout devenait suspect.

Les poilus étaient démobilisés par vagues, libérés de leurs obligations, remerciés d'un complet civil, d'un petit pécule et de la propriété de leur casque. Harassés, affaiblis, ils erraient aux abords des gares. La perte du lien de soumission, la privation de commandement les laissait comme des enfants perdus. Partir, quitter ses hardes de guerre, faire le deuil définitif des camarades morts, se séparer des compagnons ayant survécu, enfouir la violence extrême au fond de la tranchée, la supprimer de sa tête, de ses mains tremblantes, quand on les avait encore. Et retourner à la vie civile. La démobilisation prenait du temps. Les hommes les plus meurtris devaient retrouver leurs familles les premiers. Mais rentrer comment ? Le rétablissement des axes de communication ne pouvait attendre, pas plus que le recensement et l'inhumation décente des cadavres ensevelis jusqu'à plusieurs mètres de profondeur par endroits. Chinois, Tonkinois, Sénégalais, Italiens, l'immigration de besoin s'amplifiait. Déblayer, réparer, araser, creuser, déterrer, niveler, effondrer, aplanir… masquer, effacer et pour finir sanctuariser. Offrir aux familles qui ne retrouveraient pas leurs fils un lieu, exutoire à leur peine, des monuments, des noms gravés pour donner corps à l'absence, faire le deuil.

À terre tout était obstacle. Plus de route, plus aucun repère. Bois, terres agricoles, fermes et villages réduits à néant dans un enchevêtrement infernal de fers, de cratères, de boue, de restes humains et animaux. Roger, affecté alors à la BR 35, assurait depuis la fin de la guerre des missions d'observation. Son escadrille était en plus en charge de la toute nouvelle liaison Paris-Strasbourg, aussi s'était-il rapproché à la demande de sa mère de la famille Durieux, branche secondaire du côté maternel. Il y avait découvert sa cousine Jeanne, de quelques mois sa cadette, jeune fille sage autant que douce, se destinant au professorat. Il prit l'habitude à chaque permission de passer du temps à Soissons. Les liens étroits entre les Durieux et les Mouton rendirent la rencontre d'Hélène et Roger inévitable.

Il était, dans les airs avec son appareil photo, les yeux des topographes qui refermaient l'immense cicatrice de la ligne de front. Pour les jeunes filles, il incarnait la bravoure des pilotes qui avaient donné une nouvelle dimension à la guerre. Devançant sa classe de mobilisation, engagé dès le premier jour de sa dix-huitième année en 1915, il était passé à l'aviation en 1917. Dijon pour commencer, l'école préparatoire, puis Chartres, l'école de pilotage où il avait été breveté, et le camp d'Avord en école de perfectionnement. Hélène était immédiatement tombée sous le charme du jeune pilote. Figure héroïque, éblouissante, alliant l'éclat de l'aventurier au prestige de l'uniforme. Très rapidement, la rencontre fortuite devint rapprochement. Les cœurs s'ouvrirent et avant qu'il ne parte rejoindre sa nouvelle affectation dans le Sud-Ouest, Roger demanda à Hélène de l'épouser. C'était le premier jour du printemps 1921, elle n'avait pas encore atteint sa majorité.

Alexandre et Hélène Mouton mère s'opposèrent immédiatement à cette union qui leur enlèverait leur unique enfant.

Celle qu'ils avaient espérée si longuement, qu'ils avaient attendue en vain durant leurs jeunes années. Ce cadeau du ciel offert par une autre femme. Ce secret censé préserver Hélène, assorti du silence familial, du non-dit protecteur. Pour tous, ils avaient eu le bonheur de devenir parents au cours d'un séjour de plusieurs mois aux États-Unis. Pourtant, ils savaient bien que le jour viendrait où la vie ne se contenterait plus d'un mensonge pour s'écouler. Hélène, en posant ses premiers actes majeurs, découvrirait ses origines.

Alexandre prit alors une ultime décision : au jour de ses vingt et un ans, il adopterait Hélène, faisant ainsi de sa fille de cœur l'unique et légitime héritière de sa fortune. Peut-être Hélène se ressaisirait-elle et entendrait-elle raison, renoncerait-elle à ce projet de mariage insensé. À ce jeune homme. Cet intrigant.

Mais, sa majorité acquise, la jeune fille obtenait une liberté toute nouvelle. Et ce qu'elle désirait le plus au monde, c'était épouser Roger. Compter sur un revirement de sa part, c'était comme espérer redresser la tour de Pise. Alexandre n'eut d'autre choix qu'accepter le mariage de sa fille. Il imposa cependant que soit établi un contrat par maître Jouy à Soissons, en prévision d'une union dont la date n'était pas encore arrêtée.

Hélène avait grandi sans qu'ils puissent contenir l'insatiabilité de ses envies.

Il fallait que Roger ne soit qu'une passade.

Ils devaient la protéger malgré elle.

Elle les quitta pourtant.

Sans leur assentiment, elle prit le train pour Bordeaux. Mais que pouvaient-ils opposer à un caprice de plus de leur fille ? Ils y avaient trop souvent cédé. C'était Roger qu'elle avait en tête, comme elle voulait un sucre d'orge ou une poupée lorsqu'elle était enfant. Aujourd'hui, il était affecté à l'école de tir de Cazaux, en Gironde dont il était originaire. C'est donc là qu'elle désirait être. Elle avait parcouru la France pour le rejoindre, mais elle aurait tout aussi bien traversé l'Atlantique ou le désert de Gobi. Rien d'autre ne comptait qu'être à ses côtés.

Dans cette voiture, Hélène savoure ces premiers instants de liberté. De sa vie de femme. La nuit cache la ville, de ses yeux à demi clos glissent des larmes attisées par le vent frais. Dès demain, il faudra entreprendre les dernières démarches nécessaires à la publication des bans pour pouvoir célébrer leur mariage. Son cœur souffre en pensant qu'elle y sera seule. Qui la conduira à l'autel ? Ses parents ayant montré une grande défiance envers Roger dès les premiers temps de leur connaissance, les relations familiales sont tendues, y compris avec ses oncle et tante. Elle, leur unique fille, leur désobéit au risque de les briser de chagrin.

Comme elle aurait préféré entrer en cette vie au bras de son père !

La fortune des Mouton était l'objet de toutes les attentions. Roger qui n'avait pas été adoubé par la famille passait pour un coureur de dot. Un séducteur. Un irresponsable. Bien injustement. Hélène avait donc attendu l'âge de la nubilité. Elle avait affronté chaque difficulté avec détermination. Fût-elle une fille, elle n'en avait pas moins un caractère volontaire et entêté. Ce qui, sans qu'il ose se l'avouer, rendait Alexandre Mouton extrêmement fier d'elle.

Libourne, mardi soir

Maman chérie,
Je suis à Libourne depuis dimanche, demain je vais à Bordeaux faire des achats et après-demain à Cazaux commencer notre installation. Je n'aime pas Libourne et j'ai hâte d'en être partie. C'est encore plus laid que Soissons et puis avec leur diable d'accent je ne comprends rien, je serais certes moins dépaysée à Londres ou à New York.
Je pense bien à vous et vous embrasse tous deux bien affectueusement.
Votre petite Hélène
As-tu bien reçu les colis de Paris et en es-tu contente ? J'ai fait de mon mieux !
Nous nous marions lundi prochain, les difficultés se sont aplanies, mais il nous faut attendre le certificat de publication de Soissons. Je n'ai pas trouvé les mêmes tentures, mais j'ai assorti les nouvelles aussi bien que j'ai pu. Les tapis de velours sont hors de prix. J'ai pensé que celui que j'avais acheté ferait ton affaire[1].

1. Les lettres d'Hélène ont été retrouvée en 2011. Elles sont réelles et n'ont pas été modifiées. (Note de l'auteur.)

3

Ils sont arrivés dans la matinée. Les routes bordées de pins dès la sortie de Bordeaux semblent interminables à Hélène. Seules quelques fermes disséminées au milieu des parcelles indiquent qu'ils avancent vers le sud. Les maisonnettes de pierre calcaire et de moellons en bout de vigne laissent place aux bâtisses à colombages, aux murs chaulés de blanc et aux toits touchant presque terre des landes girondines. Volubile aux premiers temps du trajet, la jeune femme s'est tue, happée par la vue de cette campagne marquée de douceur autant que de rudesse. Elle y sent l'audace du soleil d'été dont on s'abrite sous l'auvent et à mesure qu'ils approchent du bassin et de la côte d'Argent, la morsure des bourrasques d'ouest auxquelles on tourne le dos. Cette sagesse paysanne qui veut que la maison s'adapte au lieu qui l'accueille avant qu'à ses habitants, que l'espace soit dicté par l'activité quotidienne, s'efface dès l'abord d'Arcachon, ville mondaine attirant à elle les riches négociants bordelais, mais aussi les fortunes de tout le pays en recherche de villégiature d'hiver tempérée. Arcachon, synonyme de luxe, de plaisirs, d'oisiveté. Arcachon, huit heures de Paris, une de Bordeaux. Le train transporte curistes, familles, domestiques au cœur de la forêt, rempart naturel aux vents marins, bordant la petite mer intérieure qu'est le bassin.

Hélène se dit qu'elle pourra tenter de convaincre ses parents de venir s'y installer, d'ici quelque temps. Leur âge avançant, ils seraient avisés et sans doute heureux de profiter du climat océanique adouci, des bienfaits des essences de pin et des bains de mer comme le vante la publicité des chemins de fer d'Orléans et du Midi dont elle a conservé une page pour la leur envoyer. Mais pour l'instant, elle se contente d'apercevoir un panneau guidant les touristes vers la ville alors que Roger prend la direction du lac de Cazaux plus au sud. La voie encore et toujours rectiligne qui mène de La Teste à Cazaux longe les rails du chemin de fer sur sa droite, quelques mètres de sable aux fougères brûlées par le soleil et séchées par le vent de l'automne avant les troncs élancés à l'écorce grise, rougeoyante et noircie des pins maritimes. Elle qui n'a connu que la vie citadine dévore ce nouveau paysage. Non qu'elle n'ait déjà vu le bord de mer ni les forêts de l'Argonne, des Vosges ou de la Sologne. Mais les deux réunis, en un pays appelé à devenir le sien pour les mois, les années à venir, elle ne sait l'expliquer, cela lui provoque une intense émotion. La vivacité de l'air salin perceptible jusque-là rosit ses joues de plaisir. Au bout de la route, le lac et la bourgade de Cazaux traversée par le canal qui les relie au bassin d'Arcachon. C'est là qu'ils doivent s'enquérir des dernières formalités administratives et religieuses en vue de leur mariage.

Ces premiers jours en Gironde emportent Hélène dans un tourbillon de préparatifs. Il lui faut dans un même temps régler les ultimes tracasseries et documents avant leur union, faire connaissance avec un nouveau pays, de nouveaux lieux, de nouveaux habitants, mais ni la distance avec Soissons ni les difficultés de communication n'entament l'enthousiasme avec lequel les jeunes gens préparent leur installation et leur mariage. Un logement a été attribué à Roger à proximité du camp de Cazaux, au Courneau. Monter un ménage à partir de rien n'est pas chose facile. Hélène n'apporte que sa malle, son nécessaire quotidien et un petit pécule. La première nécessité.

La maison du Courneau est ravissante, alors rien, non, plus rien ne peut gâcher l'exquise humeur d'Hélène. Près du canal reliant le lac de Cazaux au bassin d'Arcachon, elle ne demande qu'un léger rafraîchissement pour pouvoir abriter meubles et habitants. Et pour ajouter à sa joie toute neuve de découvrir la campagne girondine qui va l'accueillir, dès la descente de la voiture, Hélène a senti la présence cachée de l'océan. L'air porte la signature iodée des embruns et de la pinède proche. Au rythme apaisant des vagues qui caressent la plage au-delà des dunes, la jeune fille se balance d'un pied sur l'autre comme les grands arbres sous le vent. Elle s'enfonce avec délice dans le sol sablonneux parsemé d'aiguilles de pin provoquant un instant de flottement délicat. Elle a presque envie de retirer sa bottine pour sentir les grains glisser sous ses orteils, mais novembre se rappelle à elle d'une brise fraîche au parfum marin.

Son visage s'éclaire.

Roger.

Elle aime ce lieu. Elle y perçoit la douceur de vivre au cœur de la nature toute proche. Pour une citadine, ce dépaysement passe pour une promesse de vacances permanentes. Elle se tourne vers la maison. Il s'affaire déjà à ouvrir portes et volets pour faire entrer la lumière du soleil. Elle le rejoint d'un pas alerte, parcourt les pièces, voletant de l'une à l'autre, ne cessant de s'extasier, de commenter.

— Là, nous ferons notre chambre, ici, le lit. Et il nous faudrait une commode, une armoire… et une coiffeuse.

Non ? Qu'en penses-tu Roger ? Ce serait bien, une coiffeuse, ici, juste devant la fenêtre ! Et dans cette pièce, le salon, nous y mettrons un tapis, un grand divan, un fauteuil et ton bureau dans cet angle. Moi, je me placerai devant la fenêtre, près de la lumière, pour mon ouvrage, ou près de la cheminée s'il fait froid. Et dans la salle à manger, nous pourrons recevoir nos cousins. Comme ils ont été charmants avec moi hier. Oh, je suis si heureuse Roger ! Vois comme nous serons bien installés. Bien sûr, il faut encore acheter quelques meubles et attendre aussi que ceux que mes parents nous font envoyer de Soissons soient là, mais ce sera un amour de petit nid chez nous. Roger, Roger, Roger ! lui chante-t-elle en lui sautant au cou.

Il s'amuse de ses manières d'enfant, trouve dans son ingénuité toutes les raisons charmantes qui l'ont poussé à la demander en mariage et non, comme certains l'ont pensé, pour une chimérique dot. Il l'emporte alors dans les airs à bout de bras, la faisant tourner au point de la chavirer.

— Mais oui Madame Duménieu, vous serez heureuse ici ! Je vous le promets. Nous serons heureux !

Elle repose pied à terre, dans un cri étourdi de plaisir joyeux.

— Je ne suis pas encore Madame Duménieu, lui murmure-t-elle, espiègle.

Il prend un faux air offusqué pour lui répondre.

— Dieu du ciel ! Vos parents sont-ils au courant ?

— Roger ! le réprimande-t-elle aussitôt. N'ajoute pas à ma peine, s'il te plaît.

Alors, il la saisit par la main et l'entraîne dans le jardin à l'arrière de la maison. La terre légère est recouverte d'herbe haute. Roger pointe du doigt la prairie parsemée de pins, bordée au loin par l'étendue boisée qui habille les dunes.

— De ce côté-ci, il y a l'océan. Nous irons bientôt. Il faudra traverser la forêt par les sentiers des résiniers, voudras-tu le faire ?

Hélène ne répond pas, des milliers d'informations différentes l'enivrent. L'odeur des pins, le souffle du vent frais sur ses joues, la lumière limpide de cette fin de journée inondent ses sens. Tout a le parfum de la liberté ; un avant-goût de bonheur. Un ronronnement guttural et rapide emplit l'espace, bien au-dessus de la cime des arbres, de l'autre côté du cordon dunaire. Elle couvre ses yeux dans le soleil pour scruter avidement le ciel. Tout à coup, elle pointe l'ombre qui avance à grande vitesse.

— Roger, regarde !

Roger sourit à l'émerveillement de sa douce amie. Il salue d'un geste martial le pilote qui lui rend son salut et poursuit son vol en direction de la base.

Ils s'arrêtèrent devant la petite église de garluche de la paroisse. Elle lui rappelle les lieux de culte évangéliques d'outre-Atlantique. Simples et sans ostentation, aux ornements minimaux. Hélène appuie sans retenue sur le poucier pour lever la clenche de la porte de côté et entrer dans le modeste bâtiment. Le prêtre achève la messe basse quotidienne pour une dizaine de veuves dévotes. Dès l'*Ite missa est*, Hélène va au-devant du curé. De derrière ses lunettes aux verres épais, l'accent du pays porté par une voix rocailleuse mâche les mots au point de les rendre inintelligibles.

— Vous voilà bien pressée ma fille !

Hésitation. Faut-il rire ? Elle a une furieuse envie d'éclater de rire. Décidément, les gens d'ici sont bien étranges. Roger explique alors qu'il doit pouvoir rejoindre son affectation au plus tôt et que le mariage doit être célébré avant. Hélène pouffe en quittant la sacristie. Mais qu'a demandé le curé ?

— Il voulait savoir si la situation imposait une union rapide, si nous n'avions pas fêté Pâques avant les rameaux…, lui répond Roger.

Cazaux, jeudi

Nous sommes venus passer la journée à Cazaux et nous allons passer au Courneau pour voir notre installation. Nous avons fait nos achats hier à Bordeaux. Nous avons trouvé pas trop mal et pas trop cher.
J'espère que vous vous portez bien et que papa ne souffre plus du tout de son anthrax.
Moi, je me porte très bien, il fait ici un temps à plaisir, un ciel bleu et une température très douce.
Notre mariage sera célébré ici lundi matin, nous rentrons ce soir à Libourne.
Je vous embrasse tous deux bien affectueusement.

Votre Hélène

4

Chaque chose a son importance. Et c'est un jour particulier que celui des noces. Jour d'allégresse dans l'union de deux vies, de deux familles. Une dizaine de rangs tout au plus font face à l'autel de Saint Pierre-ès-liens de Cazaux. L'église est à la mesure de l'assemblée, car en ce 7 novembre 1921, pas de cortège de fillettes habillées de blanc pour tenir le voile de la mariée, *Here comes the bride* ne retentit pas et le seul murmure qui parcourt l'allée est celui du vent à l'arrivée tardive du second témoin, ce qui, prêtre et enfant de chœur compris, porte à sept le nombre des fidèles venus assister à la célébration. La jonchée de feuilles éparses et sèches offerte par la saison froisse le silence qui précède la bénédiction. Le simple bouquet d'œillets blancs à la main de la jeune épousée apporte un parfum doux qui fait éternuer le curé en rafale. Alors Hélène rit. Qu'elle est belle cette mariée à la gaîté légère et pleine d'entrain ! Comment lui résister ? Ce fou rire, elle s'en souviendra toujours, première page de leur histoire de famille, on en parlera certainement encore dans cinquante ans lorsque les tablées seront épanouies des fruits de leurs amours, elle y voit déjà des enfants, des petits-enfants même.

Elle a choisi pour l'occasion sa robe de gabardine claire ornée de tresses piquées. Les manches collantes à poignets en entonnoir et le col de soie grège assortie à la mantille légère qui couvre sa tête allongent sa silhouette. Elle se tient au côté de Roger sous la voûte de pierre en demi-cercle, seul ornement architectural de la bâtisse. Baissant les yeux, Hélène note, à leurs pieds, un tapis oriental aux couleurs chamarrées qui apporte une touche d'exotisme aussi précieuse qu'inattendue dans cet intérieur empreint de sobriété. Elle voudrait graver dans sa mémoire la cloche qui sonne, l'odeur discrète de l'encens, le reflet doré du soleil à travers le vitrail, le moindre détail de cet instant unique qui lie son destin à celui de Roger, mais sa fébrilité est telle qu'elle passe la porte au bras de son époux sans même s'en rendre compte. La photo est prise, le couple pose avec sérieux. Plus rien ne bouge !

Elle se retourne sur la modeste façade au clocher mur, laissant derrière elle au cœur assombri de la petite église sa vie de jeune fille. C'est scellé. Elle a une pensée pour ses parents. Madame Duménieu mère essuie une larme d'émotion, embrasse sa belle-fille avec ferveur. Tout ce qui peut rendre Roger heureux la rend heureuse. Et elle se sent maintenant moins seule, veuve, son fils aîné à l'autre bout du monde, Roger aux quatre vents avec ses avions, au moins aura-t-elle une fille pour s'occuper. Et qui sait, veiller sur ses vieux jours ?

Si la cérémonie a été empreinte de modestie et de retenue, au restaurant, le repas qui suit est gargantuesque aux yeux de la jeune Hélène qui découvre que dans le Sud-Ouest, quand on aime, on nourrit !

Le Courneau, dimanche soir

Ma chère petite maman,
Tu me pardonneras de ne pas t'avoir écrit depuis notre mariage, mais tous mes instants ont été pris par notre installation. Notre union a été célébrée dans la petite église de Cazaux, bénie par un vieux curé de derrière les sapins, consacrée « for best and for more ». Nous avons eu comme témoins deux pilotes dont l'un est le cousin de Roger. C'est d'ailleurs chez lui que nous sommes descendus. Lui et sa femme forment un charmant mariage, trente ans et vingt-sept. Très gentils, je suis bien heureuse de les avoir ici.
Ma maison me plaît beaucoup, elle se trouve à vingt mètres de la route de La Teste-Cazaux. Nous disposons de huit pièces, quatre grandes et quatre plus petites, mais nous n'en occupons que quatre, les autres nous servent de bûcher, cave, laboratoire, buanderie. Notre logement : devant, vestibule et salle à manger ; derrière, cuisine et chambre.
La maison est en briques avec revêtement de ciment, c'est très chaud, plafond de quatre mètres de haut, tu serais à ton affaire, et grandes fenêtres sur trois côtés de la maison, jardin à peu près trois ou quatre fois comme celui de Soissons. Devant la chambre à coucher dans le jardin, un groupe de cinq pins, je suis au bon air tu vois. Après, la lande couverte d'ajoncs, de bruyères, de fougères et parsemée de pins, coupée à deux cents mètres de chez nous par le canal qui relie le lac au bassin d'Arcachon. De l'autre côté de la route, c'est la forêt épaisse de pins jusqu'à la mer. Ce n'est pas triste, nuit et jour on

entend les grosses cloches des vaches dans la lande. Ici, on les laisse toute l'année en liberté, hiver et été. On ne s'en sert que pour la boucherie.

Ces soirs-ci il y a vol de nuit et bombardement. On est levé par le ronronnement des moteurs, les projecteurs fouillent le ciel, les 75 crachent, cela me rappelle le Soissons de 1918. Tout le jour, il y a cinq ou six appareils qui nous survolent, on ne se sent pas isolé.

Je mange comme quatre et je ne me suis jamais si bien portée. Tu vois, je suis ton exemple, je vais grossir moi aussi de douze livres en trois mois de mariage.

Notre cuisine et la chambre sont complètement installées, mais la salle à manger n'est pas finie.

Nous avons acheté un sommier à Bordeaux (150 francs), il est épatant, et Madame Duménieu nous a donné de la très belle laine blanche pour faire un matelas. Nous avons acheté aussi une table de salle à manger carrée (60 francs) et des chaises très gentilles avec paille de couleur (18 francs). Il nous a bien fallu chercher pour trouver ce que nous voulions et dans ces prix, mais vraiment je suis contente de mes acquisitions. Je me suis offert aussi une série de cinq casseroles en aluminium pour 20 francs. Elles ne sont pas mal. Mon cousin en a fait une série avec de l'aluminium d'avion. Je voudrais que papa les voie, mais pour les travailler, il les fait cuire d'abord, je crois. Je lui demanderai et je te dirai exactement.

Nous avons une petite cuisinière comme celle de papa, mais plus grande. C'est un rêve. J'y brûle des grives et je t'assure qu'elles abondent ici et qu'elles sont grosses !

Pour m'installer, j'ai eu deux poilus, crois-moi cela fait une différence avec la mère Alice. Ils sont débrouillards. Ils m'ont fait des casiers pour ranger le linge, pour la vaisselle et puis dans ma chambre une petite coiffeuse ronde. Et j'en garde un pour me scier du bois. Tu vois, ce n'est pas la crise des domestiques.

Mes cousins sont venus passer la journée de vendredi avec nous, nous avons pendu la crémaillère, officieusement car nous le ferons un de ces jours avec plus de solennité, puis nous sommes allés à la chasse le long du canal. Aujourd'hui nous avons déjeuné chez eux à Cazaux.

Roger rentre demain à l'aérodrome, sa permission est finie. Cet après-midi, je suis allée visiter les hangars du terrestre, je commence à reconnaître les avions les uns des autres. Si tu voyais comme il y en a de jolis. Celui de Roger est un Bréguet, c'est un des appareils les plus sûrs après la limousine.

Quel temps avez-vous là-bas ? Il ne doit pas être très chaud, car ici il gèle matin et soir, mais le soleil est si chaud qu'il fait très bon dans la journée. Aujourd'hui je suis sortie en taille.

La vie est bien moins chère qu'à Soissons. J'ai du lait dans une ferme à 14 sous et il est épatant. Je n'en ai jamais vu d'aussi crémeux, je vais le chercher à l'étable. Pour l'épicerie, nous avons un tarif spécial avec notre carte. Par exemple, nous payons la très bonne huile 3 francs le litre et les pommes de terre 9 sous le kilo. La viande est très bonne et pas chère. Quand on vient de Soissons, on trouve que Cazaux est un pays de cocagne.

Je vais te quitter pour ce soir, j'espère que je suis bavarde. Je souhaite avoir bien vite une longue lettre de toi me disant que vous êtes tous deux en bonne santé et me donnant beaucoup de détails.
J'oubliais de te dire que les meubles de Soissons sont arrivés sans casse lundi dernier. Tu vois, ce n'a pas été trop long. Nous n'avons payé que 62 francs de frais de port. Ce n'est pas exorbitant !
Je viens de sortir dans le jardin, on entend le grondement de la mer, elle doit être en colère ce soir.
Allons, bonsoir, maman chérie.
Reçois ainsi que papa les meilleurs baisers de ta petite fille qui t'aime.

Hélène

5

Pas un jour ne passe sans que les pensées d'Hélène n'aillent vers Soissons, mais tout affairée aux détails domestiques de son installation, elle laisse filer le temps. Ainsi, deux semaines écoulées font d'elle une épouse et une maîtresse de maison accomplie. Deux rôles qu'elle assume avec le plus grand sérieux. Des années d'éducation soigneuse pour façonner une jeune femme du monde, une tête bien faite sur une silhouette agréable à regarder telle que le souhaitait sa mère, portent leurs fruits.

Elle s'est fait une amie d'Abélie qui, avec son mari, les a accueillis le temps que la maison du Courneau soit aménagée du minimum décent pour pouvoir y vivre. Une amie. Plus encore, puisqu'elles appartiennent maintenant à la même famille. Une cousine.

Lorsqu'elle a décidé de quitter sa vie d'avant, elle a délibérément choisi de renoncer à ses parents, à ses camarades. Elle se demande encore aujourd'hui si ce qu'elle a lu dans leurs yeux était de l'admiration ou du mépris. Pour son courage, pour sa folie ? À bien y réfléchir, elle a senti tantôt de la tristesse, tantôt de la jalousie. Elle préfère ne plus y penser et chasse la mélancolie. Il est agréable de pouvoir compter sur cette jeune femme de quelques années son aînée. Hélène n'a plus que ça à la bouche : *mon* cousin, *ma* cousine. Elle appuie sur le possessif au point qu'il semble presque que c'est Roger le membre rapporté. Abélie, Cazaline depuis suffisamment longtemps, sera son guide pour l'introduire dans le petit monde très fermé de la base. Elle rompra la solitude de la jeune épousée lorsque leurs maris seront envoyés en mission. Elle est exactement celle qu'il faut à Hélène, la sœur de cœur dont elle a toujours rêvé. Menue, elle porte les cheveux à la garçonne et sort fardée, rit de tout, acquiesce plus souvent qu'elle ne refuse, boit le vin sans retenue et fume à l'occasion. Elles sont très vite devenues inséparables. Roger se félicite de ce rapprochement, rassuré que la venue d'Hélène au Courneau ne la plonge pas dans l'isolement.

Leur maison est une bâtisse agréable à tous points de vue, de belle facture et d'une surface exceptionnelle pour le loyer demandé. Le hameau est un lieu paisible, éloigné du bourg de La Teste auquel il est rattaché par la petite voie de chemin de fer qui mène à Cazaux. Il y a même une gare à proximité, qui date de la construction du camp d'hivernage. Un détail qu'il préfère taire pour l'instant à Hélène. Ici subsistent les baraquements ayant servi au cours de la guerre à l'acclimatation, l'aguerrissement des tirailleurs sénégalais, un camp de convalescence pour les poilus en repos avant de repartir au front. Les autorités l'ont fermé en 1917 suite à une recrudescence de décès dans une épidémie de pneumocoque. Combien de soldats venus des colonies y sont morts ? Inadaptés aux conditions climatiques, épuisés par le voyage, malades, confrontés à l'insalubrité d'un camp surdimensionné. Il a entendu parler de 20 000 hommes dans des cantonnements à même le sol. Manque de sanitaires, inondations récurrentes en période hivernale. La réalité d'une propagation soudaine et rapide de la maladie qui, pour ne pas effrayer la population locale, ne devait toucher que les hommes de couleur dont on connaissait le peu d'hygiène a été étouffée à coups d'obscurantisme et de désinformation. Persistent les rumeurs sur des tests de vaccination à grande échelle menés par l'armée. La peur ancrée.

Cette langue de terre en bordure d'océan, ces landes asséchées par la volonté des hommes et la plantation de pinèdes n'en reste pas moins marécageuse. Ce n'est pas pour y voir mieux que les bergers landais surveillent depuis toujours leurs troupeaux sur des échasses, ou pas uniquement, mais bel et bien pour être au sec. Ainsi, Le Courneau vidé de ses occupants en transit était-il devenu un lieu désaffecté, fantomatique… dont la proximité a permis à Roger de loger spacieusement sa jeune épouse.

La guerre achevée, les tombes recouvertes par la végétation, la vie a repris ses droits.

De mort, d'épidémie, on ne parle plus.

C'est bien ainsi, car à Hélène il ne veut parler que d'amour.

L'emporter dans son monde fait d'air et de vitesse. La retrouver chaque soir. L'étreindre au retour de chaque mission, y puiser la mesure du danger surmonté et le courage d'aller plus loin, plus haut, plus vite. Voir dans ses yeux l'étincelle de l'admiration sans limites. Et lui parler d'amour, encore. Voler. Chercher l'infini du ciel et embrasser la terre entière d'un regard puisqu'elle la porte. Des heures sombres de la Grande Guerre, il ne veut garder que le goût de la victoire.

Il les connaît, ces combattants aux idées meurtries, à l'humeur tapissée d'angoisse, aux pensées assourdies par le grondement du canon. Des hommes plus morts dedans que vivants dehors. La France ne peut ressembler à cela aujourd'hui. Il faut apprendre à oublier. Réapprendre la tendresse, les gestes simples du quotidien, les mots apaisés et doux au cœur des hommes et des femmes. Quand on a épuisé l'horreur, que reste-t-il d'autre que l'amour ?

Il se souvient de la toute première fois où il a vu Hélène. La toute première fois où il l'a entendue, parce qu'elle lui tournait le dos. « L'ennemi, c'est la guerre. La paix ! Voilà le seul combat qui pourra grandir l'homme maintenant ! »

Étrange discours dans la bouche d'une jeune fille, teinté d'indignation non feinte, un jour de commémoration patriotique alors que la litanie des « morts pour la France » s'achevait juste. Une liberté de ton à laquelle avaient répondu le regard outré des officiels et celui, désemparé, de sa mère. Roger avait adoré ça ! Avant même de la voir, il avait aimé son esprit indocile. Restait à la séduire.

— Et de quelle arme useriez-vous pour un tel combat ? lança-t-il par-dessus son épaule.

Étonnée, Hélène se retourna. Jeanne, à ses côtés, présenta Roger :

— Roger Duménieu, à vos ordres, Mademoiselle ! s'inclina-t-il.

Son uniforme parlait pour lui, aussi ajouta-t-elle :

— J'userais de l'arme la plus puissante au monde à ce jour : le progrès, servi par l'intelligence de femmes et d'hommes courageux.

— Eh bien, je servirai dans votre armée, où dois-je signer mon enrôlement ?

— Vous allez vite en besogne. Il vous faudra passer les tests d'aptitude, plaisanta-t-elle.

Il était conquis ; elle, charmée. Il entreprit à compter de ce jour une cour assidue. Malgré la réprobation de ses parents, la jeune femme n'y resta pas insensible. Si peu d'hommes pour tant de filles allait en laisser quelques-unes vieilles. Roger avait du succès et nul doute, si Hélène ne l'avait séduit, que ses amies auraient jeté leur dévolu sur le beau pilote.

Hélène, Madame Duménieu, savoure son bonheur tout neuf. Les quelques meubles arrivés de Soissons sont installés, elle les a agencés comme, petite, elle le faisait dans la maison miniature de ses poupées, les changeant de place au gré de ses lubies. Roger s'exécute avec un sourire amusé, mande des poilus lorsque la charge est trop lourde, cédant aux caprices d'enfant de sa jeune épouse comme ses parents avant lui.

Pas question de mener grand train, Hélène sait bien que la solde de Roger est très loin d'égaler les rentes de son père, et ne le pourra sans doute jamais, néanmoins, elle doit tenir son rang, aussi a-t-elle recruté une bonne à tout faire. Elle acquiert une âme de général de corps d'armée à diriger ses poilus et sa bonne, ne perd pas de vue les contingences de l'intendance et a sérieusement négocié les gages de la petite. Car pour l'instant, ses pensées sont accaparées par les frais liés à tous les détails de leur installation, elle ne veut en rien risquer la faillite personnelle, bien trop fière pour s'imaginer rentrer à Soissons chez ses parents. Mais surtout, elle souhaite que Roger trouve en elle une épouse modèle. Économe, qualité incontournable au sortir d'un temps de disette, sachant tenir sa maison, recevoir famille et amis et lui faire honneur en toute occasion.

Elle est bien aise de faire des merveilles de ses dix doigts dès qu'il s'agit de coudre, faire un bouquet, dresser une table. Pour la cuisine, c'est une tout autre aventure, elle n'y entend rien, mais elle s'emploie à rendre ses plats les plus mangeables possible.

Pourtant ce soir, elle est au bord de la crise de nerfs. Elle a choisi chez le boucher une belle pièce de rôti pour Roger, la maîtrise de la cuisson est un grand défi pour elle et si elle souhaite qu'il en reste pour pouvoir l'accommoder froid, encore faut-il qu'elle ne le brûle pas. Elle a prévu de l'accompagner de pommes de terre au four après un bouillon de légumes. Éplucher des tubercules, l'affaire est entendue mais demande du temps, tailler de fines lamelles, assaisonner… le lait qui déborde laisse une odeur de seuil d'enfer dans la cuisine que même la fenêtre ouverte ne suffit à atténuer. Le feu de la petite cuisinière à bois est vif et le gratin s'assèche tandis que le rôti se dessèche. Elle essuie ses mains rageuses sur son tablier alors que la voiture de Roger se gare dans l'allée. Il va la trouver échevelée, s'ébouillanter avec le potage, s'étouffer avec le gratin et jamais n'arrivera à trancher le rosbif… Perdu pour perdu, le dîner est laissé de côté. Elle retire du feu ses casseroles, sort le plat du four et se hâte de gagner la chambre. Au moins sera-t-elle la plus jolie des épouses lorsqu'elle paraîtra.

Roger est une critique acquise quoi qu'il advienne. Elle met tant de cœur ce soir dans la présentation qu'elle en arriverait à faire oublier que la viande est carbonisée et les légumes trop peu cuits. Une gourmande comme elle ne peut que progresser… enfin, l'idéal serait quand même qu'ils puissent engager aussi une cuisinière. Avoir des domestiques. Voilà qui marquerait leur place.

Que de bouleversements dans sa vie au cours des dernières semaines, tout ce qu'il faut réapprendre, tout ce qu'il faut reconstruire. Les connaissances, le cercle de la famille, celui des intimes, la position sociale. Tout ce qu'elle a rejeté en quittant Soissons, sans même s'en rendre compte, elle s'emploie déjà à le retrouver à Cazaux.

Le Courneau, samedi matin

Ma chère maman,
J'ai bien reçu ta longue lettre de dimanche, tu penses qu'elle m'a fait grand plaisir.
J'aurais voulu y répondre plus tôt, mais j'ai été très occupée. J'ai passé la journée de mardi à Cazaux, jeudi, Charbonnier est venu déjeuner avec nous, il s'en retourne aujourd'hui à Mayence. Je crois même bien que Roger doit l'emmener faire un tour en avion ce matin.
Je ne peux pas m'imaginer qu'il fait si froid à Soissons. Nous avons tous les après-midi vingt à vingt-deux degrés à l'ombre, il n'a pas encore gelé depuis que je suis ici. C'est véritablement un climat idéal et je comprends que les riches viennent y vivre l'hiver. L'après-midi, je couds sous les pins dans le jardin.
Ma vie ici s'organise, tous les samedis j'ai un poilu pour faire les gros ouvrages et scier du bois, et tous les matins, deux heures une femme de ménage, une brave fille de la campagne qui travaille bien. Elle fait toute la vaisselle de la journée, lave la cuisine, cire les autres pièces, lave mon linge puis épluche les légumes, prépare le déjeuner. Elle est bien courageuse et je lui donne 10 sous de l'heure. Tu pourras le dire de ma part à la mère Alice.
J'ai trouvé une blanchisseuse qui me rapporte mon linge tout repassé et ce n'est pas trop cher, 2 sous les serviettes, torchons, 20 sous une paire de draps, 5 sous les chemises d'homme ou de femme repassées, ça revient moins cher que de laver chez soi.
Demain, nous serons dehors toute la journée, nous allons à l'océan par les dunes. Il y a cinq kilomètres

dans les pins. Depuis que je suis ici, je meurs d'envie d'y aller, tu sais comme j'aime la mer, l'entendre toujours gronder, ne pas la voir, cela me martyrise. Dimanche, nous allons à Libourne, nous partons le samedi et nous revenons ce lundi. Mon appétit ne s'est pas encore calmé, je prends de belles couleurs. Nous avons rapporté de Libourne un tonneau de vin récolté chez Roger à Saint-Émilion. Ça fait une différence avec le vin de Madame Bourgeois. Au fait, est-ce que sa nièce est mariée ?
Maman chérie, écris-moi une longue lettre de ton cher gribouillage. Je suis si heureuse de te lire.
En espérant que vous vous portez bien tous les deux.
Je vous envoie les meilleurs baisers de votre petite

Hélène

6

L'air est vif ce matin, mais traverser la parcelle d'herbes hautes qui sépare la maison de la lisière de la forêt a suffi à apaiser le frisson dû à la fraîcheur. Elle avance à grands pas, jambes découvertes bientôt trempées de rosée. L'envol d'un faisan lui arrache un cri de surprise, suivi d'un éclat de rire qui vient mourir dans le souffle du vent à la cime des immenses pins maritimes. Roger, qui ouvre le chemin, se retourne et lui fait signe. Il l'attend. Au pied du sentier des gemmeurs, l'ombre. La forêt aux arbres blessés, crevasses profondes griffant d'un brun rouge les plaques grisées de l'écorce épaisse. Sable noirci, les bottines s'enfoncent. Hélène court, trois, six, vingt pas, et reprend sa marche. Enivrante liberté ! La résine suinte, emplit l'air, entête. La sente serpente entre les fûts élancés. La pente s'accentue. Elle ralentit l'allure. Sa poitrine tape et cogne. Sa vie ne bat plus la cadence régulière d'avant, elle s'emballe. Roger, devant elle, s'efface dans un taillis. Elle le perd de vue, tourne sur elle-même. La forêt s'étire, son cœur s'essouffle, les troncs s'allongent et les bois s'entrechoquent à tendre toujours plus haut leurs maigres aiguilles, à griffer les nuages. La dune sablonneuse se fait plus raide, une main s'empare de la sienne et la tire vers le sommet, lui fait enjamber les billots de coupe fraîche, repousse les branches basses des arbousiers, l'entraîne au plus profond de la pinède. Des kilomètres de chemins au fil desquels, au sifflement des bourrasques, aux craquements des arbres, répond le roulement régulier des vagues. La promesse qu'au bout se trouve l'océan.

Il lui suffit d'entendre cet appel pour que son cœur bondisse de nouveau, empli d'excitation, assoiffé d'iode, d'embruns, de sable soyeux et d'horizon infini. Sans entrave, sans obstacle, une errance libre, insouciante au gré des vents et courants, elle n'est plus ce qu'elle était, elle devient ce qu'elle est. Elle l'a choisi.

Lorsqu'ils atteignent le cordon dunaire qui borde la plage, son essoufflement est tel qu'elle manque de défaillir. Roger la retient, enserrant sa taille d'un bras. Elle rouvre les yeux, s'accroche à son cou tout en enfouissant sa joue au creux de son épaule.

— Mon Dieu que c'est beau ! C'est merveilleux, Roger. Comme je t'aime !

Ils descendent lentement jusqu'au rivage, se posent sur un drap pour un pique-nique sous le soleil clair d'un dimanche au bord de l'hiver.

— Sommes-nous seuls Roger ?

— Il me semble, oui, répond-il en faisant mine de scruter l'horizon.

— Je ne suis heureuse que lorsque tu es là. J'ai parfois peur quand tu voles et je m'ennuie un peu à rester au Courneau comme une ermite, avoue-t-elle, glissant ingénument ses doigts au creux de la dune.

Une rafale lève un voile de sable, les grains crépitent sur la peau, grésillent sur la bouteille et le panier. Seuls au monde. Conquérants d'une lande austère bordée d'un océan mystérieux. Avides de vie, de modernité, de progrès et si naturellement humains, riches de leurs faiblesses.

— Je dois me rendre prochainement à Bordeaux à l'état-major, c'est l'affaire de quelques jours. Sais-tu ? Tu viendras avec moi. Tu pourras ainsi faire les magasins, visiter le muséum d'Histoire naturelle... Qu'en penses-tu ?

— Oh oui ! Quelle bonne idée. Allons nous encanailler ! Abélie a plusieurs projets pour la saison d'hiver : magasins de la Galerie bordelaise, opéra au Grand Théâtre, thés dansants à l'Alcazar ou aux Folies-Bordelaises, spectacle au Théâtre-Français, au Fémina, à la Scala...

Hélène sémille sous les yeux amusés de Roger.

— Je vois que vous ne perdez pas de temps toutes les deux. Nous prendrons les programmes et aviserons nos amis.

Telle une enfant, Hélène bat des mains en lui sautant au cou.

— Merci, merci, merci ! Tout cela me plaît tant.

— Pour l'instant, il nous faut rentrer Madame Duménieu, sinon le froid et la nuit seront avant nous à la porte de la maison.

Se repérer sur terre, au cœur de la forêt, au milieu des pins que rien ne distingue s'avère moins simple au soleil couchant. Roger veut éviter qu'ils traversent le cimetière du Courneau. Rien d'officiel, pas d'existence, pas de cérémonie pour les tirailleurs enterrés là, à même la dune. Le camp abandonné, les tombes par centaines l'ont été aussi. La maladie les a décimés, l'urgence a fait naître ce récif morbide. Le lieu est maudit, aux dires de certains résiniers qui refusent de travailler les parcelles attenantes. Le sentiment patriotique a été enfoui en même temps que le dossier, la mémoire repose sous un monticule de sable, un tumulus de honte. Hélène ne comprendrait pas, pire, elle pourrait s'effrayer. Roger a donc bifurqué plein sud au premier sentier. Il ne lâche pas sa main, lui parle du travail des gemmeurs, de la manière dont on sait qu'un pin est prêt à être résiné dès que l'on peut l'entourer de son bras sans apercevoir ses doigts. Lui fait la démonstration enserrant chaque tronc comme il saisirait des jeunes femmes au bal : vous ? Non, trop fin, vous ? Parfait, juste assez pour une danse… Il trompe l'angoisse qu'il devine chez son épouse. Prie le ciel, d'où il pourrait voir le chemin, de le guider au plus vite vers la maison. Le vent se lève, le ronronnement du moteur d'un avion étend la nuit au-delà des cimes, enveloppe de froid cette première soirée de décembre. La fatigue commence à se faire sentir. Hélène frissonne.

Le Courneau, samedi matin

Ma chère petite maman,
J'ai ben reçu ta longue lettre, tu remercieras bien papa de payer le surplus de mon contrat. Je t'enverrai l'acte de mariage dès que la mairie l'aura donné. Je l'ai fait demander aussitôt.
Nous partons ce soir à Libourne, nous y passerons dimanche et lundi. Nous passons la journée de mardi à Bordeaux. Roger doit assister au conseil de guerre pour un soldat qu'il y fait passer. J'en profiterai pour faire des achats. À la pensée que je vais trotter dans les grands magasins, je saute déjà comme un cabri.
Dimanche, nous avons voulu aller à l'océan comme je te l'avais dit, mais nous nous sommes perdus dans la forêt. La nuit nous y a surpris, je t'assure que je n'en menais pas large. Nous avons enfin retrouvé notre route, mais bien fatigués. Je t'ai rapporté du houx et j'ai été l'expédier à La Teste. Tu me diras quand tu l'auras reçu et dans quel état ? Ça fait de très jolis bouquets et ça dure longtemps. Tu auras de quoi garnir tous tes vases.
Le piano est arrivé ici, on ira le chercher avec un camion.
Le camp de Cazaux est bien éprouvé en ce moment, en trois jours, trois accidents. Hier, je chassais au bord du canal quand, de l'observatoire, on m'a fait signe avec le drapeau rouge qu'un zinc était tombé. Me voilà galopant dans la lande, me piquant les jambes aux ajoncs à la recherche de l'appareil.
C'était un Bréguet. Nous l'avons retrouvé fracassé, mais le pilote vivant encore, la tête grièvement blessée. Le mécanicien, lui, a eu la présence d'esprit de

se faufiler dans la queue et il s'en est tiré presque indemne, pourtant, le zinc tombait de haut.
Jeudi au reste, un Bréguet se fiche en vrille à quatre-vingts mètres du sol, les deux officiers relevés mourants. Mercredi, un zinc tombe derrière chez nous, mais le pilote n'est que légèrement blessé, panne moteur.
Ce sont tous des stagiaires venant de Metz et des pilotes brevetés depuis peu.
J'espère que vous êtes toujours en bonne santé et que vous ne souffrez pas trop du froid. Moi, je t'écris avec mes fenêtres grandes ouvertes, je ne les ferme que le soir. Je n'allume le feu que pour faire la cuisine.
Comme Madeleine (ma femme de ménage) fait tout le tripot, je ne m'occupe que de la cuisine et je te transmets que j'y fais des progrès.
Embrasse bien papa pour moi et garde pour toi les meilleurs baisers de ta petite Hélène.
Je vais écrire sous peu à mon oncle.

7

Place de la Comédie, à deux pas des Quinconces, juste au bout des allées de Tourny, Abélie l'a assurée que tout à Bordeaux se faisait là. Hélène quitte le marchepied de la voiture comme on descend d'un trône. Elle avance sur le parvis du Grand Théâtre en conquérante, comme ces femmes du monde, ces actrices américaines dont elle a vu le portrait dans *Vogue* et qui posent, l'air supérieurement détaché. Elle est éblouissante en traversant la ville spectaculaire. Reflet des pierres blondes, immeubles inondés de soleil, son cœur est au seuil de l'été. C'est l'hiver qu'annonce le calendrier, peu importe, son heure est à l'épanouissement. Elle ajuste le manteau châle au col de fourrure que la coquetterie lui dicte de conserver malgré la douceur ambiante. Elle l'a cousu elle-même, d'un drap de perlaine offert par sa chère maman, sur un modèle de Madeleine et Madeleine, présenté en août dans leur boutique des Champs-Élysées. Le résultat est superbe et sa silhouette se perd dans le tombé aussi gracieux que confortable du tissu. Aujourd'hui, elle espère un chapeau de sport en tricot brodé avec une écharpe assortie, juste au cas où, car elle voudrait bien que Roger lui apprenne à conduire sa voiture. Piloter, pourquoi pas ? Rien n'est impossible aux audacieux, mais tout reste à conquérir pour les femmes.

Abélie agite son gant depuis le café de Bordeaux. Hélène traverse l'animation joyeuse des étudiants sortant de l'école Pigier sur le trottoir à l'heure du déjeuner, pour la rejoindre. Les regards ne trompent pas, Hélène s'en enveloppe avec délectation et fait une entrée remarquée dans la salle de restaurant.

— Le temps avance Abélie, il n'attend personne ! Nous, les femmes, devons être tout à la fois saintes, silencieuses et diligentes épouses, mères, amantes… Je n'ai envie de n'être que moi ! Marcher lorsque je veux marcher, courir lorsque je veux courir, chanter s'il me chante et danser tant que durera la nuit s'il me plaît…, annonce-t-elle en guise de bonjour, posant son sac sur la chaise.

— Eh bien, quelle tirade !

Elle délaisse à cet instant la distinction feutrée héritée d'une éducation qui trouve sa source en un autre monde, un autre temps, pour vivre pleinement, refusant les entraves, les diktats. Elle retire ses gants, tend sa joue vers celle de la jeune femme. Baiser envoyé du bord des lèvres pour ne pas accrocher son maquillage. Une nouveauté, là aussi.

— Cette ville est une folie, poursuit-elle. Je l'adore ! J'aimerais tant y rester ce soir, juste pour la voir s'illuminer. Comme les tours de Manhattan, peux-tu imaginer les gratte-ciel sous la lune ? C'est irréel, une pluie d'or dans le ciel nocturne, une vie que rien n'apaise, pas même la nuit, il faudrait que tu contemples ça.

— Je suis certaine que New York me plairait. Je ne connais que Londres et Milan. Un voyage en paquebot jusqu'en Amérique, ce serait formidable. Nous irions à Broadway voir une comédie, écouter un jazz-band. J'ai lu que le meilleur de la musique se jouait à Chicago aujourd'hui. Ta famille est originaire de Chicago, n'est-ce pas ?

Hélène sourit pour ne pas répondre. La blessure est trop fraîche et elle n'a aucune envie d'expliquer ses origines. Comment Abélie le comprendrait-elle d'ailleurs ? Quels mots mettre sur les compromissions de ses parents pour qu'elle vienne au monde ?

Le garçon s'approche, elles commandent un déjeuner léger, un après-midi à trotter dans les boutiques les attend. Hélène couvre ses tristesses d'une bonne humeur factice. Elles badinent, commentent les tenues des Bordelaises, l'embonpoint des Bordelais, rient de bon cœur des choses futiles, comme des plus sérieuses. Elles exorcisent la vie.

— J'ai souvent le sentiment étrange que tout va s'arrêter brusquement, sans prévenir, du jour au lendemain, confie Hélène. Parfois, mon cœur est étreint par un souffle froid, inondé d'indifférence humaine.

Cueillie par la mélancolie, la voici tout à coup d'humeur chagrine, envahie par des émotions contraires. Chaque moment heureux doit se payer en retour d'une grande douleur. Il lui arrive de douter, de chercher vainement une permission à avancer dans la vie. Elle, qui a soif de la parcourir sur les ailes du bonheur, au fond, ne s'y autorise pas.

— Pourquoi dis-tu cela ? La vie commence à peine, nous allons en profiter. Nous amuser… Mais comme te voilà triste tout à coup ! Ma chérie, tu as besoin de te changer les idées. Je te concède que Cazaux, c'est un peu éloigné de tout, mais ça a un côté piquant d'aventures. Et puis les avions, la base, c'est excitant ! Ne sont-ils pas beaux nos pilotes avec leurs vestes de cuir ? La vitesse, ces aéroplanes avec leurs moteurs bruyants, le vent, la liberté… moi, j'en suis folle ! Je n'aime rien tant que me promener près des hangars et sentir le sol, mes jambes, mon corps tout entier vibrer lorsqu'ils décollent. Et les atterrissages, la tension et l'excitation malgré la peur, c'est… aussi bon que l'amour un après-midi d'été !

Abélie rit. Hélène se pique de sérieux.

— Sais-tu que l'avion qui s'est écrasé la semaine passée était piloté par le jeune Arbanère ? Nous étions voisins à Orléans pendant la guerre. C'était ma première alerte. J'étais au bord du canal lorsque c'est arrivé. La sirène et le drapeau rouge m'ont pétrifiée tout d'abord. J'ai aperçu la fumée. Je n'ai pas eu le temps de me poser de question, j'ai couru, couru, la peur au ventre. Je me suis précipitée vers le Bréguet dont l'hélice était enfoncée dans le sol et la carlingue arrachée jusqu'à l'aile restée au pied d'un pin. Je me suis hissée vers le pilote, il était dans un sale état, inconscient, sa tête pendait par-dessus son bras et le moteur lui coupait les jambes. Sais-tu quoi ? J'ai été soulagée en le voyant. C'est un sentiment horrible quand j'y repense, le malheureux y survivra, mais pas sans séquelles. Et moi, les bras ballants, je regardais. Les secours de la base sont arrivés à ce moment-là et je souriais béatement en leur indiquant où se trouvait l'épave. J'aurais pu hurler de joie même : parce que ce n'était pas Roger. Ils ont dû me prendre pour une folle.

Abélie la fixe sans détour.

— C'est naturel. Tu n'as rien à te reprocher. J'aurais réagi de la même façon.

— Sans doute, mais la vie tient à si peu de chose. J'ai peur de n'avoir pas le temps de vivre tout ce que j'ai à vivre.

— Alors, allons-y ! Vivons puisque nous sommes vivantes ! Et pour commencer, allons dépenser notre argent, au moins, nous en aurons profité !

Elles retrouvent l'agitation de la ville, le bruit des omnibus croisant le tramway électrique, les crieurs de journaux, les placards publicitaires, les bonnes et les marmots qui portent leurs cerceaux pour aller au square, la charrette à bras d'un livreur de charbon, l'échelle d'un vitrier, la course d'un jeune homme pressé sur son vélo, une nourrice poussant une voiture d'enfant qu'Hélène observe avec un sourire songeur. Les étudiants retournent en cours dans la précipitation, se bousculent, sautent le caniveau. Génération vivante, confiante en la promesse d'un avenir consolateur déjà en route.

Aux Dames de France, elles parcourent les étalages. La mode est celle de Paris, mais avec une touche bordelaise affirmée. Le chic français, moins guindé, plus libertaire, recherché des femmes du monde jusqu'en Amérique, attirées par les nombreux liens commerciaux du négoce de vin et charmées par le sud de la France dans son écrin chargé d'histoire. Bordeaux est une très belle ville, en pleine modernisation.

La tendance affichée cette saison est à la robe longiligne, taille de plus en plus basse, le tailleur veste fait un retour et les tenues du soir… somptueuses ! Drapés structurés laissant apparaître un genou, broderies, ornements de jais et d'acier, perles en rangs multiples glissant à chaque pas, plumes, dentelle d'argent et strass font tourner la tête. Abélie s'extasie, elle voudrait tout, s'emballe pour une longue robe de soie drapée qu'elle passe au salon d'essayage.

— Tu es sublime ainsi, lui dit Hélène.

La jeune femme se décale et juge de la ligne donnée dans la psyché, visiblement satisfaite de son reflet. Tout en poursuivant sa revue de détail, elle lui répond :

— Tu devrais essayer celle à la jupe de velours noir et au corsage en drap d'argent.

Mais Hélène se contente de sourire, fait mine de n'avoir rien entendu, aux prises avec toutes ses contradictions. Elle adorerait revêtir cette robe. Bien sûr, elle l'a remarquée.

Glands brodés de jais, tombants pour allonger la silhouette, manches longues carrées ouvertes sur toute la longueur dénudant le bras, décolleté audacieux. Cette merveille est faite pour elle. Mystérieuse, sensuelle, fragile. Cette robe provocante qui fera d'elle une femme sans ambiguïté, attirante, désirable éveille en elle des rêves impossibles. Au bord de la tentation, elle aime infiniment l'indécence qui s'empare d'elle. De toutes les façons, elle n'en a pas les moyens. La raison domine, la frustration est étouffée. L'aveu franc en serait simple, mais il est inenvisageable. Dualité de son temps : tout vouloir, tout de suite, vivre coûte que coûte, la liberté comme un dû, mais demeurer retenue par d'invisibles chaînes. Bonnes manières en garde-fou à la vulgarité. Dépendance financière en bâillon à l'autonomie. L'hypocrisie moderne d'un conservatisme masqué.

Une femme du monde, mariée de surcroît, peut se permettre une élégance osée comme celle-ci. Quand cessera-t-elle de raisonner comme une débutante ? Cette situation l'oppresse ! Être prise à l'étau de ses envies, se retrouver ainsi à compter ses sous est si éloigné de ses aspirations. Cette robe est une folie. Elle se lève, fait mine de s'intéresser à une paire de gants, quitte les salons d'essayage, Abélie et ses frivolités qui tout à coup l'agacent.

Sa cousine la rejoint après avoir passé commande. Quelques retouches pour ajuster au mieux sont nécessaires, elle reviendra avant Noël récupérer sa tenue. Elle ne s'est même pas rendu compte de l'humeur d'Hélène, fluctuante comme les marées de la Garonne, et poursuit son babillage futile. Elle lui prend le bras pour « surtout ne pas se trouver séparées au cœur de la foule ». Hélène cache sous un sourire de façade son désintérêt, lorsqu'elle se trouve attirée par la devanture d'une librairie. Elle s'y engouffre, entraînant Abélie et ses paquets.

Le tintement de la clochette accrochée au ressort au-dessus de la porte fait lever un binocle pincé sur des bacchantes cirées, désuètes. Tandis qu'Abélie, essoufflée, remet de l'ordre dans ses affaires et dépose ses nombreux colis sur un banc près de la vitrine, Hélène avance, sûre d'elle au milieu des rayonnages. En quête, elle hume l'air des titres qui s'entassent sur les étagères. Le commerçant fait peu de cas des jeunes femmes, il poursuit son inventaire. Scribe besogneux ancré dans un mal-être qui transpire à son front gras. Hélène s'approche du fond de la boutique, fait glisser son gant sur le cuir des reliures. La lecture est son refuge. Son père l'a toujours laissée traîner dans la bibliothèque, sortir les livres, les feuilleter, avant même qu'elle sache lire. Insensible au raclement de gorge derrière le pupitre, elle parcourt les titres des yeux.

— Si Madame cherche les romans, c'est dans le rayonnage « Belles lettres », à l'opposé.

La voix est pincée, presque niaiseuse. Nul besoin de s'approcher pour vérifier que l'haleine est aussi nauséabonde que le ton employé.

— Avez-vous des ouvrages d'actualité sur l'octroi du droit de vote aux femmes à l'étranger ? En Australie, en Grande-Bretagne ? demande Hélène qui poursuit le détail des titres du rayon « Jurisprudence ».

— Nous n'avons rien de tel, répond-il sans appel.

Hélène s'attache, sans sourciller, au survol des livres du meuble suivant. Au niveau des sciences, elle s'arrête sur *La Théorie de la relativité restreinte et générale* d'Albert Einstein. Elle n'a aucune idée de ce que signifie cette « théorie de la gravitation », mais elle a déjà entendu Roger en parler avec d'autres pilotes. C'est évidemment un sujet auquel elle n'est pas invitée à s'associer. Quelle curiosité la pousse alors à acquérir ce livre ? Encore un effet percutant de son caractère affirmé. Le libraire, qui juge que la femme est intellectuellement inférieure, incapable de penser par elle-même et qu'il faut à tout prix l'éloigner des affaires politiques qui sont hors de portée de l'esprit féminin, n'imagine pas un instant que cet achat ne soit pour une commande.

— Votre époux est féru de sciences ? minaude-t-il, voyant approcher la vente.

Abélie se pince les lèvres, elle sent venir l'orage. Hélène, courroucée, s'apprête à faire une scène, mais se ravise, elle est au-dessus de ce scribouilleur et de ses frustrations qui se lisent jusque dans ses airs affectés. Une dame du monde ne se donne pas en spectacle. Pas pour si peu en tout cas !

— Cet ouvrage est pour moi, lui répond-elle sèchement.

Sans un regard, elle sort sa bourse, règle et quitte l'échoppe, livre en main, agacée de la petitesse d'esprit de cet homme. Prête à en découdre avec tous les autres.

Le Courneau, mercredi après-midi

Ma chère maman,
J'ai reçu hier ta petite lettre, je commençais à trouver le temps bien long. Aussi, le facteur a été bien reçu, je t'assure.
Je suis contente que le houx soit bien arrivé, mais si tu veux le conserver longtemps il faut le mettre dans de l'eau ou dans du sable mouillé.
Je vais à La Teste ce soir faire des courses, on ne trouve pas grand-chose à Cazaux.
Tu te rappelles, dans ma dernière lettre je t'ai parlé d'un petit officier qui s'était très grièvement blessé. Si grièvement que s'il est sauvé, c'est par miracle. C'est le fils du général Arbanère, notre voisin d'Orléans.
Nous avons un temps vraiment doux, mais assez gris, je suis bien heureuse de cette température et je ne peux pas croire que je suis en hiver.
J'ai brodé des brise-bise en filet pour ma salle à manger. Ils sont très jolis et je vais en broder des pareils pour toi. Tu pourras mettre les tiens à l'office, ils l'ont bien mérité.
Le piano est installé à la place d'honneur, il est assez faux suivant sa chère habitude, mais il n'a rien de cassé.
Ma petite maison s'arrange. Je vais mettre un divan d'une personne dans la salle à manger. Ça garnira et ce sera très utile quand quelqu'un viendra nous voir. Nos cousins ont trouvé notre petite installation si confortable qu'ils vont venir habiter ici une petite maison comme la nôtre. Ils sont en train de peindre et d'arranger.

Je continue à manger comme un ogre. Je voudrais que tu me voies le matin devant mon demi-litre de chocolat et mes six ou sept rôties beurrées. C'est Roger qui allume le feu, fait le déjeuner et me l'apporte au lit, puis il s'en va au camp. À 9 heures, Madeleine (ma femme de ménage) arrive, fait chauffer l'eau pour ma toilette et je me lève. Le matin, je ne compte pas faire autre chose que la cuisine. L'après-midi, je vais à Cazaux au terrain d'aviation ou je me promène dans la forêt. Je travaille après dîner pendant que Roger étudie. Tu vois, c'est une petite vie bien calme et pourtant les journées passent avec une rapidité.

Je me porte très bien, j'ai eu deux ou trois fois le mal de tête, mais ma grande maladie, c'est la faim. Je dors comme un loir. Je crois que le climat m'est très favorable.

J'espère que vous allez bien tous les deux et qu'il ne fait plus si froid là-bas.

Je t'envoie l'acte de mariage que tu m'avais demandé.

En espérant recevoir bientôt de tes bonnes nouvelles, je vous embrasse bien fort tous les deux.

Votre petite Hélène

Je t'envoie des vues intérieures et extérieures de la petite église où nous nous sommes mariés.

8

Quatre semaines passées. Quatre fois sept jours à entendre décoller les avions à toute heure. Les premiers temps, Hélène se précipite à la fenêtre pour tenter de voir leurs silhouettes se détacher dans le ciel. Elle regarde chaque aéronef avec un plaisir intense mêlé d'appréhension muette, cherche les marques sur les carlingues pour les reconnaître. Lorsque plusieurs volent en patrouille, elle les compte à l'aller, les recompte au retour. Soulagée d'un poids invisible, dès lors que tous regagnent le terrain. Mais si l'un manque… commencent alors des heures d'angoisse sourde. Elle sursaute au moindre moteur de voiture passant sur la route, s'attendant à recevoir la visite du commandant de base. Elle referme les fenêtres pour se couper de l'extérieur qu'elle perçoit comme une agression. Claque un peu plus que d'habitude les talons sur le parquet ciré de la salle à manger, réprimande la bonne pour des futilités, un vase déplacé, un pli sur le linge, un rideau trop tiré… et s'effondre dans la bergère, une main sur le cœur. L'emballement soudain provoque une douleur intense qui s'estompe au rythme des palpitations qui soulèvent sa poitrine par saccades. Ses crises ont commencé pendant la guerre, mises sur le compte de la panique à cause des bombardements et d'un « j'étais comme ça à ton âge » de sa mère qui lui paraît totalement inapproprié aujourd'hui. Progressivement, elle reprend le contrôle de sa respiration essoufflée, elle reste abattue par une immense fatigue. Les exercices en vol se suivent, jour après jour, à terre aussi : mécanique, reconnaissance, chasse, poursuite, tir aérien, bombardement…

Roger rentre parfois maculé d'huile, le visage empestant la limaille et le carburant. Il tait les pannes, les casses, les erreurs des novices, tous les écueils d'un métier à très haut risque. Lui n'y pense même pas, pourquoi inquiéter Hélène ? Elle lave avec soin chaque marque sur ses joues, efface avec douceur sa journée, sa nuit de vol, avant qu'il ne tombe épuisé dans un sommeil réparateur. Elle s'installe alors au bureau dans le salon et écrit à ses parents. À son tour, elle cache sa peur, l'indicible crainte d'un nouvel abandon ancré en elle. Doit-elle leur en vouloir de l'avoir prise pour fille ? À l'ingratitude s'oppose un désir viscéral de savoir. Celle qui l'a portée, mise au monde, a-t-elle eu le choix ? L'a-t-elle donnée ? vendue ? abandonnée…

Les jours passent et le temps infini de la solitude allonge les heures. En cette fin décembre, la brume étouffe le paysage chaque matin. Depuis une semaine, la lumière peine à traverser la masse humide, pénétrante de froideur, qui cloue les avions au sol. À quoi bon se lever alors ? Hélène paresse. Roger, contraint aux exercices à terre, quitte le lit, soucieux de ne pas l'éveiller avant d'avoir relancé le feu dans la cuisinière et réchauffé la maison. Il la regarde endormie, envahi d'une indicible appréhension, un voile de noirceur qu'il interroge depuis quelques jours. Est-ce l'approche des fêtes de fin d'année loin des siens qui attriste ainsi sa jeune épouse ? Les temps difficiles sont achevés, mais il sait bien que chacun porte encore au cœur la trace de blessures invisibles. Il redoute les traumatismes cachés dont il a entendu parler et face auxquels il se sent totalement impuissant. Famille, amis disparus, exode, manque de nourriture, et ces blessés par millions, ces hommes sans face, aux membres arrachés, tous les faux épargnés, ceux qui auraient accepté la mort plus facilement que l'anéantissement de cette vie écorchée, contrainte de souffrances. Tout plutôt que ce retour sans honneur, sans gloire, et la honte de rester laids dans les yeux des autres, le rappel de l'horreur. Il contemple, fragile, le visage noyé dans l'oreiller de plume. Il éprouve la faille, la redoute, celle qui tire ses traits au cœur des moments de mélancolie. Il ne sait que faire. Parfois pensive, souvent lasse. Des signes d'ennui qu'il met sur le compte de l'éloignement, mais qu'il soupçonne autres. D'une profondeur insondable. Derrière les touches de grisaille, un mal-être, une tristesse incluse que ses bras d'homme ne suffisent à apaiser malgré l'amour. La vie est sans excuse pour ce qu'elle fait subir. Un excès de bonheur le rend volatile, à peine est-il effleuré que déjà il semble s'échapper.

Alors Roger enfile son pantalon, ajuste ses bretelles. Le camion de l'épicier s'arrête devant la petite maison, il est temps de préparer le petit déjeuner. Il fait ce qui est à sa portée d'homme, réflexe archaïque : il nourrit le corps. Il emplit l'esprit de pensées positives, console l'âme par de douces attentions. Sa famille lui manque, il lui en présentera une nouvelle. L'ennui la laisse inoccupée de longues journées, il lui offrira quelqu'un sur qui veiller. Et puis il l'emmènera danser, voir un l'opéra à Bordeaux, une corrida à Dax, déguster des huîtres à Arcachon et se baigner aux beaux jours. L'étourdir dans un tourbillon de vie pour que chaque instant son sourire vole en éclats de rire.

Il glisse ses doigts entre les mèches de ses cheveux pour l'éveiller. Sur la table attendent un bol de café et le pain craquant juste sorti du grilloir.

— Je m'en vais ma chérie, lui susurre-t-il à l'oreille. Passe une belle journée. Viens jusqu'au terrestre vers 2 heures cet après-midi si tu veux, il y aura exercice si le ciel se dégage.

— Piloteras-tu ?

— J'instruirai aujourd'hui. Je serai au poste de commandement. Viendras-tu ?

Elle s'étire, se redresse en tassant les oreillers dans son dos pour accueillir le plateau.

— Je viendrai, si le temps se met au beau.

Du fond de son lit, sous un édredon de duvet d'oie Madame paresse, elle entend Madeleine qui s'affaire dans la cuisine. Elle doit emplir d'eau le baquet pour préparer son bain. Hélène espère que cette écervelée pensera à ses sels de rose, le seul petit extra qu'elle se soit autorisée à Paris. Elle n'avait jusqu'alors connu que l'eau de Cologne aux essences légères de romarin et d'écorces d'agrumes que sa grand-mère lui avait offerte pour ses quinze ans. Cette pensée suffit à la submerger d'une vague de tristesse. Elle ne peut retenir un flot de larmes. Sans savoir pourquoi, la voici en sanglots, plongée dans son bol de café. Hoquetant entre deux bouchées de pain. Cette grand-mère si douce, si aimante, mais qui de ventre à ventre n'est pas la sienne. Ce secret si bien caché qu'elle se demande quelle honte entoure sa naissance. Les pleurs lavent ses joues maintenant, mais n'apaisent pas son esprit.

« Tu as toujours été notre fille et nous t'aimons plus que tout, avait dit son père. Ta mère et moi n'avions pas d'enfant, tu nous as été confiée, nous avons été comblés. »

Elle n'avait pas compris, elle cherchait où était sa faute dans cette histoire familiale qui se faisait jour. Ne plus être celle qu'elle était. Voilà que sa vie volait en éclats. Elle n'était plus. Alexandre et Hélène la rassuraient, lui disaient que rien n'avait changé dans leur cœur. Que l'amour seul comptait, que le sang n'était rien en comparaison des sentiments. Qu'être désirée était bien plus important. Pourtant tout était différent. Si elle n'était pas leur fille, qui était-elle alors ? Qui étaient ses véritables parents ? Pourquoi l'avaient-ils abandonnée ? D'abasourdie elle était devenue furieuse. Comment, pourquoi lui avaient-ils menti aussi longtemps ? Que cachaient-ils d'autre ? Hélène se sentait en danger. Ne pas connaître ses origines, avoir vécu un leurre la rendait vulnérable. Elle percevait une menace sans pouvoir dire qui, ou quoi. Elle était le fruit d'un mensonge interdit.

— Qui sont mes véritables parents ? avait-elle demandé.

— C'est sans intérêt. Le savoir ne t'apporterait rien, nous sommes tes parents depuis toujours, avaient-ils répondu.

— Quand m'avez-vous recueillie ? avait-elle poursuivi alors qu'un millier de questions battaient ses tempes, que sa tête grésillait telle une ruche enfumée.

— Dès le premier jour, nous avons été là avec toi et toi avec nous. Dès le premier jour ma chérie, avait dit sa mère en l'entourant de son bras.

Hélène s'était dégagée brusquement, comme brûlée au contact de celle qui l'avait bercée, nourrie, câlinée...

L'adoption qu'Alexandre Mouton, en technicien du droit et de la finance, avait envisagée comme ultime moyen de pression pour garder sa fille auprès d'eux avait ouvert la boîte de Pandore. Hélène s'était réfugiée dans les bras de Roger.

Quel mystère entoure donc sa naissance ? Ne pas savoir lui torture l'esprit depuis des semaines. Ses parents n'ont rien dit, autorisant tous les fantasmes. Hélène s'est rêvée enlevée à sa famille naturelle, vendue pour pouvoir nourrir des frères et sœurs. Dans son cauchemar le plus atroce, elle naissait d'une mère morte. Nouveau-né muet, emporté emmailloté laissant derrière lui un corps sans vie, livide, exsangue qu'une sage-femme voilait d'un drap.

La journée commence ainsi, au milieu des larmes et du désarroi. Dans l'envie de s'accrocher malgré tout à cette existence qui lui appartient. Sa mère adoptive était venue la voir, la veille de son départ pour la Gironde.

— Je n'ai qu'un cœur, un cœur de maman, il a toujours été pour toi. Aussi loin que je me souvienne, c'est toi que j'ai désirée, toi que j'ai aimée. Tu es ma petite fille chérie, tu le seras, quoi qu'il advienne. J'ai béni le jour de ta venue au monde. Il restera le plus beau de ma vie. Demain tu vas nous quitter, mais cette maison est la tienne.

— Qui sont mes parents ? S'il te plaît, dis-le-moi maman.

— Je ne peux te le dire, ton père s'y oppose.

— De qui suis-je l'enfant ? Si je ne suis pas le vôtre, si je ne suis pas le leur, je ne suis donc de personne ?

— Tu es notre fille, Hélène, tu es notre enfant chérie. Est-ce que cela ne te suffit pas ?

— C'est un mensonge maman. Peut-être qu'il te suffit, mais pas à moi !

Hélène sanglote. Elle pleure la mère qu'elle n'a pas eue, celle qu'elle a cru avoir. Et puis les larmes se tarissent, elle préfère ne plus penser au passé, ne plus se considérer comme l'enfant de personne puisque c'est tout ce qu'on lui offre, mais vivre sa propre histoire, se reconstruire à travers une nouvelle famille, la sienne. Roger.

Malgré tout, le doute subsiste et c'est plus fort qu'elle. Elle se lève, appelle Madeleine pour son bain et se met à sa table de travail, elle écrit à son oncle. Lui, peut-être, brisera le sceau du secret et lui dira quel visage, quelle vérité se cache derrière Juliette Mojonnet. De sa mère naturelle, elle ne connaît que ce nom, inscrit à l'état civil qui apparaît dans son contrat de mariage. Passée l'émotion d'espérer enfin du concret sur sa mise au monde clandestine, elle s'est rendue à l'évidence qu'un nom n'était rien. Quelle différence entre Juliette Mojonnet, Adélaïde Pinson et George Washington ? Des jours, des semaines qu'elle ressasse des mots vides. Des jours, des semaines que s'installe le désarroi, que s'acharne la tristesse, que s'engouffre l'hypocrite dans l'inexistence d'un simple nom. Elle en veut à celle qui l'a enfantée de l'avoir abandonnée, à celle qui l'a recueillie de l'avoir enlevée. Et de rage en désespoir, ce sentiment d'amour en colère envers toutes deux qui l'ont portée à la vie la dévore. Quelle douloureuse ambiguïté !

Madeleine a empli le tub avec l'eau tiède et approché les brocs, Hélène s'en trouvera contrariée, elle préfère sa baignoire, mais celle-ci est difficile à déplacer et sa bonne n'en fait qu'à sa tête. Cette jeune fille, habituée à la vie rude des gemmeurs, imagine qu'une douche est bien suffisante lorsqu'il s'agit de se nettoyer. Le bain, s'il détend celui qui le prend, épuise celui qui le prépare et l'oisiveté qu'il engendre n'est sans doute pas étrangère aux humeurs maussades de Madame, mais ça, elle se gardera bien de le lui dire. A-t-on idée de passer tout ce temps dans de l'eau tiède ? Un coup à vous ramollir complètement et à laisser entrer toutes sortes de maladies à travers la peau. Le parfum des sels est si agréable pourtant que l'autre jour, après le bain de sa maîtresse, elle a trempé sa main un moment dans l'eau refroidie, jusqu'à ce que ses doigts fripent, pour sentir les effluves doux d'une caresse olfactive au délicieux goût de l'interdit. Elle a serré très fort dans la poche de son tablier toute la matinée cette minuscule partie de luxe féminin. Peine perdue dès l'épluchage des poireaux pour la soupe. « Ces choses-là ne sont pas faites pour nous ! », grimace-t-elle en singeant sa mère qui lui rappelle sans cesse que sa condition est celle des petites gens et qu'elle n'a rien à espérer de meilleur d'une place de domestique qu'une embauche comme résinière. La serviette chaude attend près du poêle, les rideaux sont tirés, le savon à la rose est posé sur la table de toilette qu'elle a approchée au plus près de la bassine. Madeleine vient frapper discrètement à la porte de la chambre.

— La toilette est prête Madame.

Hélène reprend pied dans la réalité. Elle essuie ses yeux d'un trait de mouchoir délicat et se lève.

— Entrez, apportez-moi mon peignoir et préparez ma robe bleue, je sortirai après déjeuner.

Madeleine s'affaire, tire le lit, tasse les oreillers de plume, secoue l'édredon de duvet et quitte la chambre. Tout est prêt, mais Hélène tarde. La jeune servante piétine dans le couloir, juste histoire de faire prendre conscience du temps qui passe au travail pour certains quand d'autres se prélassent. Elle entreprend de cirer le parquet, à genoux, elle frotte énergiquement, ne ménage pas les coups de brosse, imaginant étriller d'une poignée de crin le dos de sa maîtresse comme on la décrassait enfant à l'eau du puits, les pieds nus sur l'herbe. Autant dire qu'elle ne restait pas longtemps sous l'eau, elle !

Sur le pas de la porte, Hélène serre exagérément la lettre qu'elle a écrite pour son oncle, elle observe l'échine de la petite qui s'épuise à astiquer. Veut-elle vraiment savoir ? Est-elle prête à accepter ce qu'il lui répondra ? Quelle place est la sienne ? Celle de la jeune épouse, apprêtée, fardée, promise à un bel avenir ou celle d'une fille de condition modeste, de domestique ? Car après tout, ses origines sont peut-être là…

Elle ne sait plus. Ni ce qu'elle souhaite, ni ce qu'elle redoute. L'indécision s'empare de nouveau d'elle. Elle cachette la lettre, la glisse dans son sac à main. Elle la confiera au facteur s'il s'arrête aujourd'hui ou la déposera au vaguemestre en se rendant à la base cet après-midi.

Pour l'heure, elle s'installe à sa table de travail et se plonge dans ses comptes. Rien n'est laissé au hasard, elle pose avec précision les soustractions, les additions, note chaque dépense avec soin, vérifie ses liquidités et range ses livres dans le tiroir à clé de son secrétaire. Noël approche si vite, elle voudrait offrir une boîte de cigares à Roger. Elle aura besoin d'Abélie pour l'accompagner en ville. Elle y prendra aussi des santons, Noël sans Enfant Jésus, sans crèche, est impensable.

Il n'y a pas de sapin cette année, leur installation est trop récente et les décorations seraient trop onéreuses, mais le 24, sous une petite cabane de branchages de pins, Hélène a installé la Vierge Marie, saint Joseph, l'âne et le bœuf. Caché, l'enfant attend patiemment le jour de sa venue.

— C'est une crèche modeste, mais ce n'est qu'un début. Chaque année nous lui offrirons de nouveaux personnages. J'ai déjà vu les rois mages qui me plaisent, l'un tout noir rappelle les tirailleurs sénégalais, m'a dit la vendeuse des Nouvelles Galeries d'Arcachon. Tu savais qu'ils avaient été en camp près d'ici ? Je serais curieuse de voir ça.

— Ce camp n'existe plus. Il a été fermé. Il n'en reste plus rien, ce n'était pas grand-chose, quelques baraquements tout au plus, répondit-il, évasif.

— On m'a dit que tous les soldats venus des colonies étaient passés ici, que c'était un dépôt de convalescents militaires et un lieu d'hivernage pour les forces noires, mais peu importe. Regarde plutôt notre Enfant Jésus, n'est-il pas adorable, joufflu et rose comme un angelot ?

Elle avait perdu la notion de temps dans le magasin, à observer cet enfant d'argile peinte, couché dans la paille, emmailloté d'une petite étoffe grège. Lui qui ne possédait rien en venant au monde, il avait pourtant l'essentiel : les bras de sa mère et le regard bienveillant de son père. Tout était miroir de sa propre histoire. Ces sombres idées ne la quittaient plus, assourdies par moments, elles revenaient à la moindre occasion. Assaillie de pensées emplies de tristesse, elle se rendit compte qu'elle serrait la figurine au point de la casser, elle l'avait reposée, juste à côté de celle de la Sainte Vierge et son cœur s'était déchiré. Savait-elle, en mettant son fils au monde, combien de souffrances son amour de mère lui coûterait ? Pouvait-elle imaginer qu'elle le verrait crucifié, sombrer dans les ténèbres de la mort ? La mort avait été si présente durant ces dernières années qu'elle était devenue d'une banalité plus effrayante encore.

Elle s'était alors trouvée si injuste. Aussi loin qu'elle se souvienne, elle avait été choyée, câlinée, gâtée, adulée… aimée par Alexandre et Hélène Mouton, ses parents, les seuls qu'elle ait à ce jour. Eux avaient toujours eu à cœur de la protéger. Pour qu'elle les fuie maintenant ? Qu'elle s'éloigne d'eux ? Les rejette ? Elle n'est pas cette ingrate-là. Elle doit vivre en faisant siennes ces deux identités, ne pas commettre l'erreur de vouloir passer sous silence l'une ou l'autre. Une seule et même histoire. Elle ira à la recherche de la vérité et si cela peine ses parents, elle leur cachera ses démarches. Quoi qu'elle découvre, elle est prête. À Roger non plus elle ne dira rien. Cela restera son jardin secret, un jour, dès qu'elle en saura plus, elle pourra se libérer.

Le Courneau, ce 28 décembre 1921

Mes chers parents,
Je ne veux pas finir cette année sans vous présenter mes meilleurs vœux.
L'année qui s'en va n'a pas été heureuse pour nous puisque malgré toute mon affection pour vous je vous ai fait de la peine. J'espère de toute mon âme que celle qui commence nous apportera plus de bonheur à tous et à moi le pardon du chagrin que je vous ai fait.
Avez-vous beau temps à Soissons ? Ici, nous avons une température exceptionnelle. Nous déjeunons avec la fenêtre ouverte et pourtant je ne suis pas plus vêtue qu'en été.
Pour mon petit Noël, Roger m'a donné une souris blanche. C'est un petit bijou de souris, maligne comme tout. Elle est toujours sur mon épaule ou dans la bavette de mon tablier. Je lui ai fait un trapèze et je m'amuse bien avec elle. Pourtant si Tili Muili la voyait, elle s'en offrirait un bon petit déjeuner. Ça doit bien valoir une perruche, une souris blanche.
Nous avons passé les fêtes de Noël ici, mais pour le jour de l'an nous allons passer quatre jours à Libourne. Cela nous distraira, pourtant on est joliment bien dans notre petite maison du Courneau. Le meilleur moment du voyage, c'est quand on se retrouve chez soi avec tous les objets familiers.
J'espère que vous êtes tous deux en bonne santé. Est-ce que la jeune professeure s'intéresse aux champignons ? Ici, j'en trouve de toutes sortes que je ne connais pas. Pourtant l'autre jour dans une prairie, j'en ai vu qui ressemblaient bien aux

coulemelles, mais je ne me fie pas à mon savoir. À Bordeaux, j'ai vu qu'on vendait dans toutes les épiceries des cèpes séchés. Je me demande si c'est bon. Il faudra que j'essaie.

En vous répétant tous mes vœux, je vous envoie, mes chers bons parents, les meilleurs baisers de votre petite fille et les respects de mon mari.

Votre petite Hélène

9

La semaine séparant Noël du jour de l'an n'en finit pas. Pour tromper l'ennui, Hélène navigue de sa table de travail à la fenêtre d'où elle surveille l'arrivée du facteur chaque matin. Roger est très souvent absent, les exercices sont renforcés. L'après-guerre a contraint de nombreux avions au hangar et pilotes, mécaniciens et observateurs sont restés désœuvrés. Réduits à l'inactivité, les hommes comme le matériel rouillent. Il leur faut maintenir les qualifications. Le camp reçoit en permanence les pilotes formés pendant la guerre ayant choisi de regagner la vie civile, mais souhaitant conserver leur brevet. Roger encadre, instruit, entraîne, qualifie. L'épouse passe après le sac. C'est ainsi. Trop ruminer derrière les carreaux, ce n'est pas une vie ! Hélène prend sa souris au creux de sa main et lui fait toutes les recommandations d'usage : « Sois bien sage, je te laisse aux bons soins de Madeleine. Si tu la rends chèvre, elle me le dira et je ne serai pas contente… » Le regard de la bonne à cet instant oscille entre étonnement et inquiétude. L'arrivée de ce petit rongeur dans la maison relève de l'incompréhension totale chez elle. Une souris… a-t-on idée de nourrir un parasite en son propre foyer ? Ces bêtes-là sont des nuisibles. Rien que la regarder lui passe par tout le corps. Elle en sent des milliers partout derrière les tentures, sous les meubles. Ah ça ! Madame peut bien attendre ce qu'elle veut, sa tocade à poil blanc, elle n'y touchera pas ! Qu'elle la mette dans sa cage et dès qu'elle aura quitté les lieux, elle posera un torchon dessus pour ne plus la voir.

Le long du canal, Hélène marche, le fusil en bandoulière. Elle n'est pas maladroite au tir et espère étonner Roger par quelque exploit à la chasse. À défaut de savoir cuisiner, elle peut au moins rapporter le dîner. Les bosquets sur les berges regorgent de gibier et elle se sent si étriquée en restant dans leur maison. Déracinée, isolée au point d'avoir parfois le sentiment de parler une langue étrangère. Elle part à la rencontre de son nouveau pays, de ses habitants et de leurs us occultes tant il lui semble ne rien comprendre à leur paysannerie presque sauvage. Quel mystère inavouable les rend donc si distants et couvre de secret ses promenades au bord du canal ? Hélène longe la berge sans bruit, à l'affût d'un bruissement d'aile, d'un signe de fuite à travers les buissons. Son pied est agile et elle s'approche du ruisseau, espérant y surprendre une poule d'eau. Le paysage est si beau qu'il semble n'avoir été créé que pour que le regard s'y perde. Hélène s'arrête sur la bordure aménagée de rondins qui sert aux lavandières. Le même quai de bois lui fait face, ainsi, la gouaille va bon train d'une rive à l'autre, les ragots aussi. À l'approche du lac, les berges sont moins entretenues, les branchages viennent effleurer le canal, cachent les talus. Flore luxuriante érigée en rempart, noyant les limites de la terre et de l'eau.

Il est des paysages que la nature compose pour que l'humeur s'en délecte, que l'âme s'y égare. Des paysages à rêver les yeux ouverts. Hélène s'attarde, pensive. Un voile de brume nimbe encore la surface en nappes éparses, telle une tasse de thé fumant. Un vol de canards sauvages l'arrache à sa rêverie et lui fait tourner la tête. Du bruissement des ailes, elle distingue le clapotis discret d'une embarcation qui semble dériver vers le lac. À ce point le canal doit mesurer un peu plus d'une dizaine de mètres de large et l'eau y est profonde d'un homme, Hélène, qui se trouve à quelques centaines de mètres, ne réalise pas immédiatement que la silhouette debout sur la barque est celle d'une jeune fille, en chemise, cheveux défaits. Cette vision spectrale la saisit d'un frisson. La raison reprenant le dessus, Hélène s'inquiète, car au-delà de l'inattendu, elle doit bien se rendre à l'évidence, la jeune femme est sur le point de se jeter dans l'eau glaciale. Déjà la nacelle penche et l'onde reflète le corps pâle qu'elle s'apprête à engloutir. Hélène ne peut réprimer un cri.

— Attention ! Non !

Mais sa voix se perd dans le brouillard tandis que la jeune fille bascule par-dessus bord.

Des secondes interminables, des minutes à n'en plus finir jalonnent la folle cavalcade d'Hélène au milieu des broussailles. Les ronces des taillis accrochent sa jupe, ses bottines glissent, elle manque de tomber à plusieurs reprises, mais court toujours, sans réduire l'allure. Arrivée au niveau de la barque retournée, elle appelle, fouille des yeux l'eau trouble, hèle encore. Rien. Pas une ride ne froisse la surface, pas un bruit alentour. Comme si le temps s'était arrêté et que seuls les battements incontrôlables de son cœur poursuivaient la course du monde. C'est impossible, elle n'a pas rêvé. Elle crie maintenant, hurle. Qu'on l'aide ! Qu'on secoure cette pauvre fille !

L'écho d'un moteur d'avion dans le lointain est l'unique réponse à sa supplique.

Se tournant en tous sens pour trouver une assistance quelle qu'elle soit, elle la voit, se hissant aux branches basses des arbousiers. La figure souffrante d'une femme enfant, derrière la coque à l'abandon, sa longue chemise collée à son corps frêle par l'eau impudique. De loin, elle perçoit ce qu'elle pense être un sanglot étouffé qui disparaît avec l'inconnue.

Hélène passe d'une rive à l'autre.

Étrange matinée.

Bien évidemment, de la chasse elle est rentrée bredouille. Madeleine s'est retenue de lever les yeux au ciel en la voyant arriver crottée de la tête aux pieds. Elle s'est reprise juste à temps, s'est précipitée pour prendre la veste de Madame et l'aider à se déchausser. Pas un mot. Hélène a posé le fusil contre la comtoise dans l'entrée. Elle est restée quelques secondes indécise puis est allée s'asseoir dans le salon.

Les images s'imposent à ses yeux clos. Montent à l'assaut. Une marée d'équinoxe désacralisant la vie, frangeant d'écume suicidaire la plage de bonheur qu'elle s'acharne à créer. Ce pays est bien curieux, où les jeunes filles se jettent à l'eau et disparaissent. Le regard accroche le ciel, se liquéfie. Résonnent les doutes. Griffent les émotions. Son corps essoufflé. Le cœur s'interroge et s'inquiète. Elle imagine qu'on ne se noie pas dans si peu d'eau. Pourtant, quelques centimètres suffisent. Si jeune, drapée de blanc, dérivant sur l'onde brumeuse. La chute, le silence et les sanglots envahissent son esprit. Elle ne peut s'en défaire, hésite même un instant à retourner au bord du canal. Pure folie ! Inutile. En parler à Abélie. Elle saura sans doute trouver quoi faire. Décision qu'elle ajourne aussitôt. Peur de passer pour une idiote. Se tourner vers Roger ? Il a plus important à faire que se soucier d'une rencontre fortuite avec… à vrai dire, elle ne sait pas. Si elle devait décrire ce qu'elle a réellement vu, elle aurait bien du mal à être précise. En ferait un récit fantasmatique qui ne manquerait pas de lui attirer quelques moqueries. Elle préfère garder ça pour elle, au moins pour l'instant.

La vie d'Hélène est faite de curiosités, d'attraits plus ou moins durables. Elle papillonne, s'éprend d'une cause, se lance à corps perdu dans son étude, harcèle le libraire, dévore toute la prose sur le sujet, cherche à saisir le sens des choses et des gens. Ce qui est parfois – souvent – bien plus difficile. Comme un jeune canidé, la voici avec un nouvel os à ronger. Elle pressent que ce ne sera pas du goût de Roger. Passer dans la clandestinité ? Pourquoi pas ? Cela égaiera son quotidien cazalin.

Madeleine vient la saluer au moment de quitter son service. La maison retrouve calme et ennui. Le soleil réanime le paysage, un bel après-midi s'annonce. Ira-t-elle au terrestre voir les avions ? Elle gratte du bout de l'ongle les barreaux de la cage de sa souris. Pas un mouvement. Elle glisse sa main dans la trappe, soulève le nid de coton. Roulée en boule, elle dort.

Si même sa petite compagne l'abandonne…

Le Courneau, lundi après-midi

Ma chère maman,
Tu m'excuseras de ne pas t'avoir écrit depuis si longtemps, moins on en fait et plus on devient paresseux. Nous avons passé les fêtes du jour de l'an à Puisseguin chez un oncle de Roger. Ce sont de braves gens sans enfant aussi, tu penses comme nous y sommes accueillis ! Et les repas gargantuesques.
C'est d'abord la traditionnelle « poule au pot du roi fleuri », puis la dinde qui rôtit à la broche devant l'immense cheminée. Comme vins, les meilleurs crus de Saint-Émilion, souvent plus vieux que moi, de vieux vins pour convalescent et qui fleurent la rose. Tu devines, ma gourmandise ainsi cultivée se dilate, heureuse de vivre. Nous revenons, munis de poulet vivant, lapin vivant, poularde rôtie, œufs. Moi qui n'aime pas les colis, je fais la grimace. On est joliment gourmand dans le Midi.
Nous retournerons prochainement à Libourne, ma belle-mère vient d'y acheter une maison (ce n'est pourtant guère le moment) et il nous faut aller la voir. C'est une bien brave femme et bien dévouée, au lieu de rester tranquille au coin de son feu elle va soigner des malades qui n'ont personne. Elle est toujours prête à rendre service.
J'ai reçu une longue lettre de Madame Duluquoy et deux lettres très aimables de mon oncle et de Mademoiselle Jeanne auxquels j'avais écrit pour le jour de l'an.
J'ai acheté un divan pour ma salle à manger, le sommier à petits pieds est tendu de satin bleu roi froncé et le matelas est recouvert de moire or à

petites raies bleues. C'est très joli et très pratique en même temps. Le jour, c'est lit de repos ou canapé très élégant avec ses gros poufs de fourrure ou de satin. Le soir, on retourne le matelas qui, sur l'envers, est resté matelas et on fait le lit. Le fabricant de meubles qui a fait mon sommier a trouvé cela si ingénieux qu'il en a fait plusieurs et les a vendus à des officiers de Cazaux. J'ai commandé une grande carpette à Paris, avec cela ma salle à manger sera parfaite.

Il m'est arrivé toutes sortes de malheurs avec tes brise-bise. Il me manquait un bout de filet. Je n'ai pas pu réassortir et j'ai dû en commander d'autres à la place Clichy. Je pense que je ne tarderai plus à le recevoir, aussitôt je me mettrai au travail.

Je vais faire appel à tes hautes connaissances en matière de finances pour te demander un conseil. J'ai 1 000 francs à placer, que puis-je acheter ? J'ai toujours mon bon du Crédit national et un bon de la Défense de 1 000 dont je t'envoie le numéro, cela peut être utile : « 1 000 frs à un an. Série J. 1q21. 5p %. N° 37.949.510. » Ces bons sont bien pratiques, mais cette fois j'aimerais mieux avoir un titre, on a plus l'air de capitalistes quand on a des coupons à détacher.

J'ai maintenant un soldat tous les jours pour faire les corvées, cirer (je voudrais que tu voies mes parquets), scier du bois, bêcher le jardin : c'est vraiment bien pratique et surtout c'est obéissant, il faudrait qu'on puisse aussi menacer les femmes de ménage de les « ficher au bloc » pour les dresser.

Roger a recommencé à voler, quand il vient faire du rase-mottes au-dessus de la maison, je ne puis empêcher mon cœur de battre. Je reconnais sa patte qui

s'agite au-dessus de la carlingue. Il fait deux ou trois tours et va atterrir au camp.
Depuis le jour de l'an, il étudie avec un acharnement que je ne lui ai jamais connu. Il est vrai que la date de l'examen approche. L'écrit se passe fin mai.
Ma souris est plus adorable que jamais, mais je commence à m'en lasser. Maintenant je voudrais que Roger m'achète une poupée vivante et qui dirait « papa » et « maman », pour de vrai. Cela occuperait mes longues journées de loisirs.
Je finis un bouquin assez intéressant sur les théories d'Einstein, quand je l'aurai lu, je l'enverrai à papa, car il ne peut manquer de l'intéresser.
Ma chère petite maman, je te quitte, je suis trop bavarde.
J'espère que vous allez bien tous les deux malgré le mauvais temps.
Je vous envoie à tous deux mes meilleurs baisers.
Votre Hélène
Madame Duluquoy dans sa lettre m'appelle Nénette. Quand j'aurai cinquante ans je serai encore Nénette pour elle.

10

Le pied glisserait presque si la main ne s'agrippait fermement en amont. La vase suinte. Un vent coulis glace la nuque, étreint l'échine. Hélène attend. Aujourd'hui, comme hier, avant-hier et les jours précédents. Guetter les barques depuis le lieu précis de l'incident dont elle a été témoin lui a pris chacune de ses matinées. La voici récompensée de son opiniâtreté.

La complainte est douce, les mots incompréhensibles. Le transit lent d'un nuage qui couve le ciel est tranché par l'écho scandé, le rythme marqué des coups de perche sur le fond. Visage poupin dissimulé sous une coiffe à bords larges, sabots aux guêtres de cuir enduit pour protéger ses pieds du froid humide, elle avance sur l'onde. Des jupes-culottes facilitent le mouvement alerte qui pose son pied en bordure du rondin pour stabiliser le canot. Le geste est si naturel et la jeune fille si agile que tout semble simple, jusqu'à l'équilibre délicat entre terre et eau. Elles ont le même âge, mais celle qui fait face à Hélène, espérant vendre sa pêche sans avoir à remonter le canal sur plusieurs kilomètres, est marquée de plusieurs vies déjà.

— Voulez-vous du poisson ? J'ai des anguilles, des brochets frais pêchés de ce matin.

— Montre-les-moi, répond Hélène en s'avançant.

Au fond d'un panier d'osier sous une toile humide, les poissons serpentiformes se meuvent en nœuds visqueux. Hélène sait le goût de Roger pour les anguilles cuisinées à l'ail et au persil. Malgré sa répugnance, elle choisit de lui faire plaisir. Madeleine les préparera, car de son côté, elle n'a pas la moindre idée de comment s'y prendre.

— Je veux la plus grosse, mais il faudra me la livrer, je ne peux m'en charger maintenant. Peux-tu passer au Courneau ? Maison Duménieu. Il te sera payé ta course en sus.

Elle est certaine de reconnaître sa petite inconnue au bain d'hiver. Apprivoiser l'oiseau fragile, comprendre : elle n'a plus que ça en tête. Depuis qu'elle l'a croisée, ses pensées reviennent sans cesse vers cette fantomatique silhouette, au point qu'elle s'est, un temps, crue folle. Elle veut en avoir le cœur net. L'âme apaisée. Des péchés véniels, la curiosité n'est pas le moindre. Il confère à l'indiscrétion même parfois.

— Vous serez livrée avant le déjeuner Madame.

La jeune fille roule le poisson dans une feuille de journal et le glisse sous le banc de la barque. D'un geste alerte, elle repousse la rive, s'écartant sans effort de l'emprise de la terre, libérant la coque au fil de l'eau. Les couleurs s'effacent lentement tandis qu'elle s'éloigne. Sa perche s'enfonce, un appui lent et assuré sur le fond vaseux propulse l'étrave. Boulevard aquatique dont se détache l'ombre de l'enfant qu'elle était, de la femme qu'elle ne désire plus être. Le lac se déverse à flots contenus vers le bassin, l'eau s'écoule, ruisselle comme celle échappée de la matrice vide de son ventre gros. Sa chair est creuse. Ses entrailles mortes. Son sein tari. La vie l'a quittée, elle ne demande qu'à quitter la vie. Chaque jour qui éclaire le canal d'un matin nouveau lui arrache mille souffrances. Chaque nuit qui étreint l'onde l'apaise d'un espoir noir qu'épuise le chant du coq au petit matin. Les larmes s'assèchent, la vie la condamne. Le feu embrase son ventre en contractions stériles, chaque matin, voir le père assis au bout de la table lui donne la nausée. Soumise à la volonté patriarcale, aller à l'étang, attendre en ravaudant les filets qu'il revienne de la pêche et partir vendre le poisson. Prier le ciel chaque jour de connaître le grand vide, enlacer le néant pour y retrouver Yao, craindre la colère divine, sentir la vase jusque dans sa chair, y trouver le dégoût de la vie, le goût de la mort. La toucher du doigt, mais jamais n'avoir le courage de s'y abandonner. Sa punition.

Hélène est rentrée. Assise dans le salon, elle guette, attend en ajourant distraitement une paire de brise-bise que tinte la cloche de la porte d'entrée. Elle n'a pas eu l'envie d'ouvrir le livre d'Einstein, hermétique et peu intéressant de son point de vue, mais ça, elle ne l'avouera pas. Elle l'enverra à son père, ainsi, elle évitera le sujet ici. Elle repense à la lettre écrite à son oncle, se demande si elle a bien fait. Un silence entendu est confortable. Tant de mystère cache peut-être l'inavouable. Alors son ventre se serre, sa nuque douloureuse se raidit, répond au galop de sa poitrine qui creuse sa gorge. Tout ce qui ne sera jamais dit l'étouffe. Elle ferme les yeux un court instant, calme sa respiration pour éviter la suffocation. Elle a appris à sentir venir ces malaises. Compagnons inopportuns, fusibles émotionnels. Elle les vit comme une faiblesse, les redoute. Elle inspire comme un nouveau-né ouvrant ses alvéoles pulmonaires pour la première fois, mais avec le sentiment que ce sera la dernière, étonnée qu'une nouvelle inspiration suive l'expiration. Dans ces moments, la panique la gagne avant qu'un voile sombre ne couvre ses yeux dans une vague de chaleur insupportable remontant le long de son corps. Elle dégrafe son chemisier et repose sa tête sur l'oreille du fauteuil Voltaire. La défaillance passe. Laisse derrière elle une humeur maussade et une frange d'invisibles perles à ses lèvres.

Une ombre traverse le jardin, discrète. Panier en main, la jeune poissonnière croisée ce matin gravit les deux marches du perron. Hélène a demandé à Madeleine de la conduire à l'office et de la prévenir de son arrivée. Poussée par son insatiable curiosité, elle aimerait comprendre pourquoi elle l'a vue se jeter dans le canal. Quelle tragédie abonde de morbides pensées au point qu'elle veuille disparaître dans une eau glaciale au cœur de l'hiver ?

— Madame, le poisson a été livré, annonce Madeleine.

Hélène, sur le pas de la porte de la cuisine, s'assure de la conformité de la livraison.

— Vous le préparerez en persillade, pour le dîner, ordonne-t-elle à sa bonne.

Face à la mine contrariée de cette dernière, elle s'inquiète.

— Qu'avez-vous Madeleine ?

— C'est que… que Madame m'excuse, mais ce n'est pas dans mes habitudes de cuisiner ces bêtes-là.

— Vous ne savez vous y prendre ? Ce ne doit pas être bien difficile, s'agace-t-elle. Mademoiselle ? Quel est votre nom ?

La jeune fille, surprise, balbutie :

— Anna, Madame.

— Bien, Anna ! Savez-vous cuisiner ces anguilles ?

— Oui, Madame. Il faut…

— Savez-vous tenir une cuisine, Anna ?

— Oui, Madame.

— Je cherche une cuisinière, Madeleine ne s'y entend

pas et j'ai donc besoin de quelqu'un d'efficace même s'il n'est pas qualifié. Cette place vous intéresse-t-elle ?

— Je ne peux vous dire oui sans demander à mon père, Madame.

— Eh bien soit ! Si Monsieur votre père s'y accorde, je vous attends dès cette fin d'après-midi pour un essai avec ces anguilles.

Convaincre son père serait chose aisée. C'est sa mère qu'Anna craint depuis la guerre. Son mari parti au front, elle avait repris les parcs à huîtres avec les autres femmes du bourg. Toute la journée courbée en deux, le dos au soleil, les pieds dans la vase… élever, protéger des poissons prédateurs comme ces satanées terres en plantant sans relâche les pignots, puis ramasser, trier, détroquer, préparer les bourriches… Cette besogne, elle l'avait accomplie sans se plaindre, jamais. Mais lorsqu'elle rentrait le soir, elle n'avait plus de force et tombait dans un sommeil agité de douleurs à chaque fois qu'elle se retournait dans sa couche. Sa fille unique, malgré son jeune âge, avait pris la maison en main, confectionnait des paniers et les vendait au marché. Quatre années passées sans le père, quatre années d'épuisement. Et sa faute. Son impardonnable faute. Les hurlements de sa mère, la menace. Les coups venus s'ajouter à sa peine immense. Des mois enfermée dans sa chambre avant que ne vienne la délivrance. L'arrachement. Puis le retour du père, le silence. Sa mère n'avait plus rien dit.

Anna est ainsi entrée au service des Duménieu. Son père a acquiescé. Il n'est pas plus existant que son ombre au cœur de la nuit depuis sa démobilisation. Il marche arc-bouté comme s'il contrait une perpétuelle bourrasque, s'arrête, cherche en balancier un équilibre précaire, se penche pour agripper son filet qu'il charge sur son épaule, se redresse à peine et part. Toute la misère du monde traînée à chaque pas. Alors quand Anna lui dit qu'elle a trouvé une place de cuisinière chez un des officiers du camp, il cligne simplement des yeux. Approbation muette, il s'en fout pas mal qu'elle soit ici ou ailleurs. Des officiers, il en a croisé des bons et de sacrés fumistes. D'honnêtes audacieux comme de perfides couards. La petite, il ne l'a pas vue grandir, il avait laissé une enfant et a retrouvé une femme. Tout juste s'il l'a reconnue. Qu'elle se mette au service, si c'est ce qu'elle veut ! Sa femme ne le voit pas du même œil, mais en cette maison, quand le patriarche est là, c'est lui qui commande. Anna le sait bien.

Le Courneau, le 8 février 1922

Mon cher papa,
J'avais dit à maman dans ma dernière lettre que je t'enverrais un bouquin, je profite de ce que ce soir je vais à La Teste pour te l'expédier. Tu y trouveras sans doute bien des choses qui t'intéresseront au milieu d'un fatras de choses à peu près incompréhensibles.
J'envoie à maman un paquet de bruyères, il s'en fait un grand commerce ici, on en expédie chaque jour plusieurs centaines de kilos pour Paris. J'ai envoyé un soldat m'en chercher ce matin, car on ne la trouve jolie que dans des fourrés inabordables. Au bout de quelques jours à la chaleur, elle deviendra très jolie. Si toutefois elle arrive sans être gelée et que maman en ait de trop, elle pourrait en offrir quelques brins à Mademoiselle Jeanne de ma part. J'espère que tu es tout à fait remis de ton clou. Maman me dit qu'il ne te fait pas souffrir, il faut espérer qu'il n'est pas de même nature que ceux de cet été. Il me semble qu'un dépuratif ou un léger purgatif ne pourrait que te faire du bien, tu ne penses pas ?
Tu me disais que les Landes étaient monotones, moi je t'assure qu'il y a de très jolies promenades et si quelque chose manque, ce ne sont ni les montées ni les descentes, car en allant vers la mer, les dunes sont très hautes. C'est une véritable petite Suisse et je suis sûre que tu aimerais ce pays. Surtout en été, on y récolte de pleins paniers de cèpes de Bordeaux. Je me promets déjà de me régaler.
Bonsoir mon cher papa. Je t'envoie ainsi qu'à maman mes meilleurs baisers.

Hélène

11

La pluie bat les vitres avec une telle violence qu'Hélène qui se crispe un peu plus à chaque nouvelle bourrasque est persuadée que les carreaux finiront par céder et le vent par s'engouffrer dans la maison. Les tempêtes hivernales atlantiques se succèdent, alternant avec des jours radieux, c'est à n'y rien comprendre. De solitude lasse, elle finit par penser que ce pays est un pays de fous. Sa petite maison du Courneau est excentrée du bourg de Cazaux et les visites sont rares. Hélène se languit de retrouver des amies. Abélie lui a fait miroiter une surprise. « Lors de notre prochaine escapade à Bordeaux », a-t-elle promis, laissant planer une aura de mystère, chuchotant pour que leurs maris ne les entendent pas. Un air de conspiratrice qui a mis Hélène en éveil. Quelle idée nouvelle a encore germé dans l'esprit fantasque de sa cousine ? Leur sortie est programmée pour la semaine suivante.

Roger passe beaucoup de temps au camp, lorsqu'il rentre à la maison, il étudie avec sérieux. Des choses auxquelles Hélène n'entendrait rien selon lui, des choses techniques, réservées aux hommes. Il a souri en la voyant lire le livre d'Albert Einstein, n'a rien dit. Mais vraiment, que va-t-elle chercher dans cette lecture ? Des yeux de femme, c'est fait pour mettre de l'ordre dans un bouquet, pour arranger un intérieur, pour regarder grandir des enfants. Un visage doux comme le sien est fait pour être couvert de baisers, non pour grimacer de la sorte aux propos abscons d'un mathématicien, allemand de surcroît ! D'ailleurs, le livre a disparu de la table de travail du salon, elle a dû se rendre à l'évidence.

Dieu que le temps passe lentement au fin fond des Landes, que les journées sont monotones à entendre les pins craquer et le sable crépiter sur les tuiles les jours de vent ! Même sa souris semble avoir perdu tout intérêt à ses yeux. L'oisiveté cède la part belle aux dérives de ses pensées. La souffrance la reprend par vagues. Ses parents lui manquent. Les mille interrogations liées à sa venue au monde font le lit des suppositions les plus diverses, d'histoires banales échafaudées à la lumière des quelques informations en sa possession en aventures abracadabrantesques dignes de faits divers sordides. Son oncle lui a écrit. Une lettre, sur un ton culpabilisant à souhait, qui la laisse perplexe. Plus de questions que de réponses. Il ne doute qu'elle est la fille de son frère et lui enjoint aujourd'hui de se soucier surtout de ne pas blesser ses parents plus qu'ils ne le sont déjà par sa faute. « Prenez la mesure, ma chère enfant, de l'inconvenance de vous poser la question de savoir d'où vous venez. Vous qui nous avez abandonnés. Qui avez porté aux yeux de votre mère plus de larmes qu'ils n'en pouvaient contenir. Prenez soin de leur dire toute votre reconnaissance, tout votre amour plutôt que de chercher à les faire souffrir plus encore ou alors disparaissez définitivement de leur vie… »

Hélène a senti le feu monter et empourprer ses joues dès la lecture de cette lettre. Pourquoi ? S'est-elle trompée sur ceux qui ont entouré son enfance ? L'incompréhension se meut en colère nourrie par la frustration. La vexation d'un rappel à l'ordre tout à fait injustifié, elle défaille. Tombe assise au fond du fauteuil et, tremblante, laisse échapper la missive. Pourquoi tant de malfaisance ? Sans doute aurait-elle mieux fait de s'abstenir. Ni appui ni soutien. Elle ferme les yeux. Puisqu'il n'y a rien à attendre de sa famille, si tant est qu'il faille ainsi la considérer, elle se tournera vers son amie. Jeanne, elle, ne la délaissera pas. Dès demain, elle lui écrira. Les mathématiques, la physique enthousiasment sa dernière lettre. Elle qui maintenant s'est installée à Paris où elle étudie à l'université force l'admiration d'Hélène. Elle lui doit sans doute sa soudaine curiosité pour les recherches d'Albert Einstein. Jeanne, si forte, si déterminée, si courageuse, saura lui apporter son aide.

Hélène se tourne vers Roger qui tient sa pipe d'une main tandis qu'il étudie avec sérieux. Il dessine, pointe sur la carte qu'il a tracée les lieux survolés, les repères. Il a un coup de crayon assuré et ses esquisses qui l'emportent loin de ses travaux d'aviation sont de toute beauté. Des paysages, des visages… parfois Hélène se plaît à feuilleter son carnet quand elle déambule dans les pièces meublées de solitude. Une indiscrétion, un vol. Elle n'a même pas idée de savoir s'il l'y autorise. Oui, certainement. Il ne lui refuse rien. Il n'a rien dit lorsqu'elle lui a annoncé avoir engagé la jeune Anna comme cuisinière. Il ne s'est inquiété de rien, la domesticité est du domaine de la maison et la maison, c'est à elle de la tenir.

Le lendemain, Hélène doit aller à Bordeaux avec Abélie.

— Je voudrais tenter de trouver une courtepointe pour le canapé. Nous déjeunerons chez Dubern et visiterons l'exposition de la Société des amis des arts de Bordeaux aux terrasses du jardin public. Je serai de retour en soirée.

Abélie est au comble de l'excitation. Trahie par son agitation, elle piétine sur le quai de la gare Saint-Jean.

— Hélène, allons, dépêche-toi. Nous allons être en retard !

Hélène laisse s'envoler son regard jusqu'à la verrière avec un sourire entendu. Abélie a fait tant de mystères depuis leur départ. Elles sont attendues dès 11 heures sur les allées d'Orléans.

— Qu'avons-nous de si pressé à faire ?

— Tu verras.

— Avec qui donc as-tu rendez-vous ?

— C'est une surprise.

— Que me caches-tu à la fin ? finit-elle par s'agacer.

— Ça va te plaire, je t'assure que ça va te plaire !

Hélène abdique et laisse son amie mener la journée. Après tout…

Un taxi les dépose face à la place des Quinconces. Abélie, après avoir hésité un instant, se dirige vers une automobile devant laquelle attend un homme d'une quarantaine d'années, moustache fine, cheveux gominés, veste ceinturée et casquette. Hélène la suit, s'interrogeant sur la nouvelle connaissance de sa cousine. Très rapidement, elle commence à comprendre ce qui se prépare ici alors que le chauffeur salue pompeusement Madame en s'effaçant pour la laisser prendre place au volant. Abélie veut apprendre à conduire ! Hélène n'en revient pas, elle qui en rêve depuis des mois, voici que s'ouvre à elle le monde mécanique. Le moniteur de l'école de conduite, après l'avoir saluée à son tour, propose que la première leçon débute. Abélie se tourne vers elle, visage rieur, complicité. Hélène, incrédule, monte à l'arrière de la voiture non sans craindre quelque accident si c'est Abélie qui pilote. Monsieur Lebasque se fait pédagogue pour cette première leçon. Il apprend à ses élèves du jour quels organes constituent l'automobile, les accessoires qui font de son véhicule le plus moderne du circuit bordelais. Chaque partie est commentée, chaque pièce expliquée en se référant à son utilité dans la conduite. Il faut mémoriser les termes techniques tout autant que les usages des pédales et leviers au poste de conduite. Et voici que vient le moment des manœuvres au volant, débrayer, embrayer, se servir adroitement de la pédale d'accélérateur et judicieusement de celle de frein. Abélie est concentrée, Hélène n'a plus envie de rire, elle se crispe un instant puis se détend aux premiers mètres parcourus. L'élève maîtrise rapidement l'engin et, presque sans à-coups, engage l'équipage sur les quais de la Garonne. Après une heure, Hélène prend à son tour le volant et, sous la conduite du moniteur, la leçon s'achève sur le parvis de la gare.

— Il faudra dix sorties au volant pour vous présenter à l'ingénieur des mines pour l'examen du permis de conduire.

À 40 francs la leçon particulière, pense Hélène, *voici un métier rentable.*

— Nous travaillerons la prochaine fois de nouveau les manœuvres et la connaissance du Code de la route ainsi que la façon de se tenir et de se déplacer sur la voie.

Hélène rougit, Abélie pouffe. Il est vrai qu'elle a évité de justesse un triporteur qui a surgi brusquement à l'angle du bar Castan sur le quai de la Douane, mais elle a agi avec sang-froid et, d'une embardée maîtrisée, a su s'écarter de l'obstacle. Les deux jeunes femmes ont fait montre d'une habileté hors pair, a commenté le professeur en leur donnant rendez-vous pour la semaine suivante.

Toutes deux regagnent Cazaux le cœur léger, au bord de l'excitation, avec l'envie folle de partager leurs exploits avec leurs maris, mais elles se sont promis le silence jusqu'à tenir en main le fameux sésame qui leur ouvrira les routes de

France. Pourtant, ces mots inédits brûlent les lèvres d'Hélène : embrayage, carburateur, échappement… vitesse ! La conduite est grisante, la jeune femme s'est sentie investie d'un tout nouveau pouvoir au volant d'une voiture. Une audacieuse liberté, un sentiment d'invincibilité.

Le Courneau, lundi après-midi

Ma chère maman,
J'ai reçu ce matin une lettre de Mademoiselle Jeanne me remerciant des bruyères. Je vois donc qu'elles sont arrivées, mais je me demande en quel état. Si le trajet n'était pas si long, je t'enverrais bien des mimosas, il va y en avoir pas mal, mais c'est plus fragile.
Tu m'excuseras près de papa pour le bouquin, je rencontre aujourd'hui le vaguemestre qui ne l'a pas encore porté. C'est bien gênant d'habiter si loin de tout !
J'ai passé une journée délicieuse hier, nous sommes partis à 6 heures pour Arcachon et de là, nous avons pris le bateau jusqu'à l'océan, au Cap-Ferret, un temps merveilleux et très clair. Après nous être bien promenés sur la côte, nous avons déjeuné en vue du bassin, sur la terrasse inondée de soleil, pour décor les palmiers et les mimosas tout jaunes comme de gros bouquets. Je ne sais ce que peut être la Côte d'Azur, mais la côte d'Argent me plaît infiniment. Et surtout on y mange bien : des petits radis, des artichauts nouveaux, les huîtres pêchées dans le parc même de l'hôtel, juste devant la terrasse. Déjeuner arrosé d'un Graves délicieux. Dieu ! Que la gourmandise est une bonne chose !
Nous avons aussi visité le phare, très intéressant.
Dimanche dernier, nous avons passé notre après-midi à la pêche. Le canal qui passe à deux cents mètres derrière chez nous est très habité et nous sommes revenus avec trois brochets et plusieurs assets. Mais nous pêchons à notre manière, on avance tout

doucement le long du canal et quand on voit un beau poisson qui dort ou qui joue au soleil, crac. Un coup de fusil Lebel et M. Brochet s'évanouit et remonte ventre en avant à la surface de l'eau, il n'y a plus qu'à le cueillir. C'est très amusant ! On est bien éclaboussé des pieds jusqu'à la tête, mais on s'amuse tellement !
Ma belle-mère arrive samedi pour passer les fêtes du Mardi gras avec nous. Cela me distraira.
Tu sais, je pense souvent aux bonnes soupes que je mangeais à Soissons. Je ne suis jamais arrivée à les réussir comme ça. Je vais te faire rire en te racontant comment ici on fait la soupe (quand je te dis que nous sommes dans un pays de sauvages !). On met dans une grande casserole un gros morceau de graisse (brrr !) et on fait revenir un oignon coupé fin, on y ajoute ensuite les légumes de la soupe, soit potiron, soit poireaux, carottes, etc. Quand le tout est bien revenu, on y ajoute de l'eau et on laisse cuire. Non, a-t-on idée de s'y prendre comme ça ?
Depuis Soissons, je n'ai pas mangé un seul bon potage, mais que veux-tu, on n'est pas toujours voisin d'un évêché producteur de cerfeuil !
Ma souris est toujours aussi drôle et je t'assure qu'elle me connaît. Roger, lui, est bien le mari modèle, ce n'est pas pour le flatter que je te le dis, mais pour un mari aussi jeune, il a toutes les attentions et prévenances qu'aurait un vieux mari de quarante ans. Combien de fois déjà les gens qui me connaissent ici me l'ont fait remarquer ! Jamais il ne se fatigue de faire les courses, d'aller chercher le lait, de desservir la table, de me préparer et me servir mon petit déjeuner. Comme il se couche plus tard que moi, il

m'apporte au lit mon lolo avec de la fleur d'oranger et des petits gâteaux, sans jamais dire un mot plus haut que l'autre, mais je reconnais qu'il a fait bien des progrès depuis que nous sommes mariés, il apprend son métier d'époux, c'est naturel.
Je ne demande qu'une chose, c'est que la chance le favorise à son examen.
Cette année, les pilotes n'ont droit qu'à l'école du Génie de Versailles, c'est un peu plus dur que Darr... comme programme, mais cela me plairait bien d'habiter Versailles pendant un an. C'est si près de Soissons.
Roger est ce soir de service au camp pour vingt-quatre heures. Ces jours-là, Madeleine vient coucher à la maison, pour que je ne sois pas seule si j'étais malade et me porter mon déjeuner le matin.
Le facteur va passer, je me dépêche.
Embrasse bien fort papa pour moi et garde pour toi les bons baisers de ta Nénette

12

Ce matin-là, Anna n'est pas venue. Madeleine a pris son service comme à l'accoutumée, prenant grand soin que l'absence de la cuisinière ne passe pas inaperçue. Madame s'étant entichée de cette fille, il faut bien qu'elle sache à qui elle a affaire. Et avec tout ce qui se raconte au pays, pas étonnant qu'elle manque déjà. Pourtant, à colporter les médisances, elle n'aura rien à gagner, elle le sait bien. Alors elle attend, patiemment, que la maîtresse de maison pose la question essentielle du jour. Ce qui ne tarde pas.

— Madeleine, Anna est-elle arrivée ce matin ?

— Non, Madame, je ne l'ai pas vue.

— Est-elle souffrante ?

— Je ne peux pas savoir, Madame, répond la bonne presque effrontément avant de se raviser. Elle sera restée aider chez elle, avec son pauv' père…, laisse-t-elle flotter.

Ces mots accrochent Hélène. Elle se retourne vers Madeleine pour en apprendre plus.

— Son père est malade ? Vous savez où elle vit ?

— Oui, Madame, sa famille vit au bord du canal en allant vers La Teste. Mais…

— Mais ?

— Mais ils ont des secrets, Madame. Il se dit que la guerre a fait du mal, tant au père là-bas qu'aux femmes ici.

— La guerre a fait du mal partout Madeleine. Que dit-on d'autre à son sujet ? J'aime savoir qui j'emploie.

— On dit… qu'on ne l'a pas vue un long moment, plusieurs mois. Que sa mère a fort caractère et qu'elle l'aurait battue et enfermée pour la punir.

— La punir de quoi ?

— Ah ça, Madame, je ne le sais pas ! Et puis je ne voudrais pas dire de méchantes choses comme il s'en rapporte par ici. Mais certainement qu'elle…

La conversation est coupée par le claquement de la porte de la cuisine. Anna se présente, échevelée, essoufflée, frottant ses mains l'une contre l'autre. Regard baissé, excuses bredouillées. Le coup qui enfle sa pommette et souligne son œil gauche d'un trait jauni ne trompe pas Hélène.

Madeleine s'efface.

Hélène s'assied, trop d'émotions nuisent à son cœur fragile.

— Que vous est-il arrivé ? demande-t-elle en pointant directement la tuméfaction.

— Je me suis cognée en rangeant les rames dans la remise, répond Anna d'une voix à peine audible.

Hélène garde en mémoire la jeune femme s'immergeant dans l'eau glaciale au cœur de l'hiver. Quelle fragilité cachent ces mèches dorées ? Bien évidemment, ce n'est pas une rame qui a marqué son visage. Elle n'est pas dupe.

— Expliquez-moi ce qui vous a mise en retard.

Anna se crispe. Essuie les mains sur son tablier. « Mon père était malade » est sa seule réponse.

— Avez-vous besoin d'aide Anna ? Votre père a-t-il besoin qu'on lui envoie le médecin ?

— Non merci, Madame, il se repose. Les suites de ses blessures, laisse-t-elle entendre, il ira mieux d'ici quelques jours.

Hélène fixe avec autorité la trace du coup reçu. Les battements réguliers de la comtoise au cœur du silence appuient un peu plus la douleur qu'elle voudrait taire et Anna est au bord des larmes. Elle retient son souffle de peur de laisser partir en une bouffée le peu d'espoir qui lui permet de tenir toujours debout. Elle sent encore la gifle, reçue le matin même, qui bat à sa tempe. Elle ravale sa rancœur, serre les dents. « Je le retrouverai s'entend-elle dire à sa mère, tu ne m'empêcheras pas de le retrouver, je sais ce que tu as fait. Le père le saura aussi et ça m'est bien égal ! »

— Si Madame permet, je vais aller préparer le déjeuner.

Hélène autorise d'un signe de la main. Elle a depuis quelques jours une lassitude inhabituelle. Un voile de dégoût léger, une tendance à s'assoupir dès qu'elle se pose dans son fauteuil, une fatigue soudaine, fugace. S'y ajoute ce matin la contrariété qui, elle le sent bien, ne tardera pas à se muer en mauvaise humeur si elle se laisse gagner par de sombres pensées. Elle ne peut se résoudre à accepter les explications d'Anna. Elle doit pousser plus loin le questionnement. Elle traverse la salle à manger, fait tinter du bout des doigts les clochettes sèches d'un bouquet de bruyère. Madeleine fait la chambre. Hélène passe le couloir discrètement et entrouvre la porte de la cuisine. Anna est là, affairée à trancher finement des carottes. Son corps, très lentement, se balance, bercé d'une complainte contenue, apaisante. Hélène arrête son élan, observe la silhouette fine, le teint diaphane et les mains enfantines qui contrastent avec l'extrême tristesse d'un regard noyé de douleur. Les paroles de la chanson sont incompréhensibles, des syllabes au rythme marqué, des incantations, une mélodie lente qui transporte la jeune femme loin, très loin de la petite maison du Courneau.

Anna avait dix-sept ans, la guerre était dans sa troisième année et son père, au front depuis dix-huit mois, ne donnait que peu de nouvelles. Il fallait continuer à vivre, œuvrer de l'arrière pour soutenir l'effort national. Sa mère ne la laissait pas encore mener la barque seule de La Teste à Cazaux, elle jugeait ça trop dangereux avec les écluses, disait-elle, et les abords du canal lui étaient interdits. Pourtant chaque jour, elle passait outre les directives maternelles et s'y rendait pour chercher l'osier, la ronce et les jeunes branches de châtaignier qui lui servaient à confectionner des paniers avec sa grand-mère. La rive regorgeait d'arbrisseaux et c'était pitié que d'aller courir à l'étang pour ramasser les tiges quand il y en avait si près de chez soi.

Les brins de saule étaient un peu durs à couper, mais elle avait un geste assuré et savait reconnaître d'un seul coup d'œil les rameaux les plus longs, ceux qui plieraient sans casser. Elle sent encore aujourd'hui simplement en fermant les yeux le vent frais de l'hiver qui anesthésiait ses joues glacées. Le sol dégelait juste ce matin-là lorsqu'Anna s'en alla discrètement sur les berges. La jeune fille était affairée à tailler ses gaulettes de saule, les doigts tout engourdis au bout de ses mitaines, quand des voix masculines, des rires, la firent sursauter. Poussée par la curiosité, elle tendit le cou à travers les tiges. Elle avait bien sûr entendu parler des Sénégalais installés au camp des nègres, mais jamais elle ne les avait croisés. On lui avait même appris à s'en méfier. On racontait bien des sottises à leur sujet : ignares, inéducables, sales, porteurs de maladies, cannibales… Bras passé autour d'un tronc, elle s'était mise à observer le groupe bruyant qui s'agitait sur l'autre rive lorsqu'elle vit deux taches blanches au milieu des baliveaux. Deux yeux immenses qui semblaient vouloir l'engloutir. Elle s'enfuit à toutes jambes, abandonnant là sa cueillette du jour et sa serpette si précieuse. Elle n'en avait pas d'autre. Elle courut sans s'arrêter, empêtrée dans ses jupons, ralentie par les sabots-bottes empruntés à sa grand-mère. Le diable aux trousses ne l'aurait pas fait avancer plus vite. Arrivée au bord du chemin qui menait à la route, elle reprit ses esprits, appuyée sur un piquet. Son cœur au grand galop lui ôtait son souffle et le froid mordait son corps en sueur à travers ses vêtements. Pourtant, ce qui ennuyait le plus Anna était la perte de sa serpe. Un outil comme celui-là est précieux. Comment ferait-elle sans ? Elle n'avait pas d'autre choix que de revenir sur ses pas.

Avec mille précautions, elle avait fait chemin inverse. Chaque mouvement du vent l'arrêtait un instant. Elle épiait les bruits inconnus. Craignait de se trouver de nouveau face à...

Elle avait entendu tout d'abord les battoirs qui tapaient en rythme le linge lavé au bord du canal, puis le chant lancé par le plus jeune était venu accompagner les gestes des hommes. Elle avait alors laissé s'évanouir tous ses maux, instantanément, s'était approchée et, assise sur la berge opposée, là où le cours d'eau mesurait à peine une quinzaine de mètres, elle était restée un long moment envoûtée par cette mélodie aux accents nostalgiques. Le froid avait disparu, l'Afrique glissait ses piroguiers en Gironde. Lorsque les hommes partirent, ayant achevé leur lessive, elle trouva sur le bord du chemin retour son fagot attaché et la serpette à ses pieds. Elle parcourut, en vain, les alentours du regard.

Elle prit l'habitude de venir à cet endroit, pour le plaisir d'écouter. Elle se surprenait parfois même à chantonner leurs mélodies tandis qu'elle coupait ses roseaux. Elle oublia la peur, devint familière des visages d'ébène qui lui semblèrent de moins en moins effrayants. Ils étaient rieurs malgré leur isolement, leur caractère doux transparaissait dans leurs gestes lents et mesurés. La nonchalance comme seule arme pour se détacher d'un sort tragique, de l'arrachement aux leurs, de l'éloignement de leur terre, pour lutter contre la folie qui les gagnait au contact d'une boucherie à laquelle ils ne comprenaient rien pour la plupart.

Un après-midi, alors qu'elle portait son fagot, elle tomba nez à nez avec un des tirailleurs qui s'était éloigné du camp. Il n'avait pas vingt ans. Son regard était d'une telle tristesse, perdu dans l'incompréhension d'un monde dans lequel il était échu de force. Anna n'eut pas peur. Elle recula, resta muette d'étonnement. L'uniforme du soldat était bien usé et le drap de sa veste si fin qu'il tremblait de froid. Il porta sa main devant lui, il ne fallait pas qu'elle crie sans quoi sa petite escapade au-delà des limites autorisées du camp serait connue et il risquait d'être traité comme un déserteur. Parfois, l'intelligence du cœur bannit toute nécessité de parler et le visage se fait langage. Nullement effrayée, elle posa son fagot, s'approcha du jeune Noir qui resta pétrifié. Elle tendit un doigt hésitant, toucha le dessus de sa main furtivement, regarda s'il n'avait pas conservé la trace de cette peau foncée. Rien ne semblait la différencier de la sienne hormis la couleur. Elle s'enhardit et attrapa dans la sienne la main du soldat, elle la retourna, sourit à la teinte claire de la paume, la tourna de nouveau, puis encore, et encore... Le tirailleur finit par éclater de rire et elle avec. C'est alors que, sans savoir, pourquoi elle commença à chanter la complainte entendue au bord de l'eau : « *Bambali bamba soyé bali bamba, bambali bambayé...* »

Hélène pousse un peu plus avant la porte de la cuisine.

— Cette chanson est belle. Que dit-elle ?

Un sursaut de défense met à mal la stabilité du panier de légumes que tient Anna. Une pomme de terre roule au sol sans qu'elle soit capable de réagir. Sa stupeur se fait panique.

— N'en parlez pas, ne dites pas que vous l'avez entendue, ma mère me battrait.

— Pourquoi ? Est-il interdit de chanter ici ? s'étonne Hélène, prête à en rire si elle ne sentait la panique envahir la jeune fille.

— Je n'ai pas le droit d'en parler. Je ne peux pas vous dire.

— Mais cette chanson, ce n'était pas une chanson d'ici, n'est-ce pas ? insiste Hélène.

— Je… c'est une chanson que j'aime bien, c'est tout.

— Qui te l'a apprise ?

— Personne.

— L'as-tu donc inventée ? ironise Hélène.

La petite se trouve empêtrée dans ce qu'elle a le droit de dire et les mensonges qu'elle n'a pas le droit de faire, ça, Monsieur le curé le lui a répété assez souvent au catéchisme. *Bambali…* c'est son secret à elle. C'est une profonde tristesse. *Bambali*, c'est le son qui lui adoucit le cœur. De ça et du reste, elle n'est pas prête à lui en parler au curé, et à Madame non plus, d'ailleurs !

Le Courneau, jeudi

Ma chère maman,
Voilà six semaines que tu ne m'as pas écrit, pourquoi ne me réponds-tu pas ? Il a fait si mauvais ces trois dernières semaines que tu n'as pas dû beaucoup sortir et que tu aurais bien trouvé une petite minute pour m'écrire un mot. Puisque tu as une infirmière qui peut masser ton pouce, il ne doit plus te gêner.
Aujourd'hui le soleil se montre, mais quel temps pitoyable depuis presque un mois. Si près de l'océan nous avons des tempêtes terribles et un vent épouvantable. Cela a coûté la vie à dix-sept pêcheurs de La Teste.
Il y aura demain quinze jours, un de nos amis, un camarade de Roger, a fait une chute mortelle (glissade sur l'aile). Je t'enverrai des photos de son avion, il était en miettes. Ce pauvre type a eu la cuisse fracassée et une fracture au crâne et il est mort six heures après sa chute. Un jeune homme vraiment charmant, d'une belle famille bordelaise. Cet accident a refroidi tous les jeunes pilotes. Roger, lui, ne vole que le strict nécessaire c'est-à-dire dix-neuf heures par semestre, c'est le minimum pour toucher la prime de 8 francs par jour. On parle même de l'élever à 10 francs, ce serait chic.
Nous sommes allés passer quarante-huit heures à Bordeaux. Je voulais voir une course de toros où devait venir Pinturas, le fameux torero espagnol, mais en raison du temps, la course n'a pas eu lieu, j'ai été bien déçue. Mais je crois qu'il y en aura une très belle le jour de Pâques avec le torero Nacional II, on promet huit mises à mort et de très belles bêtes.

Figure-toi que je me suis découvert une passion pour les courses de toros. Je suis sûre que cela intéresserait papa, plus que tout autre sport.
Samedi, nous sommes allés voir jouer Carmen au grand théâtre de Bordeaux. Comme orchestre, théâtre et artistes, cela vaut l'Opéra-Comique et dimanche, nous avons vu La Veuve joyeuse. La chère veuve joyeuse exilée pendant la guerre au théâtre des Bouffes. Aussi, depuis que nous sommes...

13

Prise par l'achèvement de leur installation, dans le mouvement vif et joyeux de sa nouvelle vie avec Roger, Hélène a perdu le fil des semaines. Elle en oublie les jours d'ennui, les matins de pluie, les soirs de tempête. Elle découvre les choses différemment, son odorat semble décuplé tout autant que sa sensibilité ou son appétit. Elle n'a, pour l'instant, rien dit à Abélie, mais elle épie tous les changements de son corps depuis peu. Elle se doute qu'un heureux événement est en préparation. Elle le dira à Roger d'ici quelques jours. Ne pas être incommodée par le flux menstruel est chose commune lorsqu'on vit de fortes émotions. Pour en être certaine, elle devra attendre de le sentir bouger, que les marques évidentes de la grossesse se fassent jour. Pour l'heure, rien n'y paraît et, fortes de leur petit complot, Abélie et Hélène poursuivent leurs leçons de conduite. D'ici quatre semaines, elles pourront prétendre à présenter l'examen. Elles ont déjà prévu de faire la surprise à leurs maris en organisant un pique-nique à Arcachon, au cours duquel elles projettent de s'installer au volant pour revenir par la route de la côte. Elles au volant, eux derrière, cette idée les amuse comme des folles !

Hélène est assise dans son fauteuil devant la fenêtre, à prendre le soleil, Anna vient timidement recevoir ses directives pour la préparation du dîner. La cuisinière ne peut s'empêcher de fixer les mains de la jeune femme. Posées sur son ventre, en coupe, comme une protection. Elle laisse passer l'onde de tristesse qui enflamme ses entrailles et, d'un frisson, noue sa gorge. Elle ne s'y trompe pas, un petit s'annonce. Il n'y a qu'à voir Monsieur user de mille précautions pour adoucir ses journées, s'appuyer au dossier du fauteuil en rotin et s'enquérir de comment se porte son épouse. Pour de jeunes mariés, rien de plus normal. Anna a mal.

Gratter des carottes, frotter, brosser, arracher la moindre trace de salissure jusqu'à s'en entailler les doigts. Le couteau glisse fermement sur la peau tandis que les larmes coulent sans pouvoir calmer la douleur d'Anna. Il lui manque tant. Elle voudrait se recroqueviller, enserrer ses bras autour de ses genoux et bercer doucement l'enfant au creux d'elle. Elle se souvient de l'émerveillement des premiers crépitements dans son bas-ventre. Elle le sent encore parfois bouger au plus profond de ses entrailles, mais ce n'est qu'une illusion. On lui a enjoint d'oublier, la faute était si grave que rien ne pourrait l'absoudre. Se taire, ne plus y penser, ne jamais en parler. Rien n'a existé. Pourtant.

Le contraste de la peau foncée sur sa peau si claire avait scellé en une seconde leurs destins. Elle n'avait pas fui devant Yao, il lui avait souri. Dans les jours, les semaines qui suivirent leur rencontre, ils se retrouvèrent souvent au bord du canal. Et ils s'aimèrent. Passionnément. Comme la terre boit la pluie, comme le feu réchauffe le corps. Une loi naturelle, un automne empli d'une idée nouvelle, un sursis au bord de la guerre. Au seuil de la mauvaise saison.

La pluie, le froid, la neige recouvraient la campagne au pied de la dune cet hiver-là et sa grand-mère tomba malade. Anna passa de longues journées à son chevet et le cœur déchiré de la gamine se berçait d'une complainte qu'elle seule entendait.

Lorsqu'elle reprit le chemin sur la rive, elle l'attendit longuement, il ne vint pas. Elle était sans nouvelles. Anna retourna près du camp, s'enhardit au point de se rendre visible aux yeux des hommes, espérant obtenir quelque information. Elle s'aventura jusqu'au milieu des baraquements, sous l'œil incrédule des soldats. Elle n'osait appeler, elle ne connaissait que son prénom : Yao. Elle devait trouver Yao. Elle devait lui dire l'enfant qu'elle portait, lui montrer le ventre qu'elle cachait pour éviter que ne soit révélée sa faute. Elle espérait qu'il viendrait avec elle, qu'il demanderait à l'épouser, même si d'union entre Blancs et Noirs elle n'avait jamais entendu parler. Pourquoi cela ne pourrait-il exister ? Ses parents seraient sans doute difficiles à convaincre, mais Yao était fort. Chez lui, il était un guerrier, il ne craignait ni le lion ni l'éléphant. Elle devait le retrouver. Elle s'écorchait les yeux aux toiles des bâtiments, aux eaux souillées qui ruisselaient, à l'indigence dans laquelle vivaient ces hommes et elle avait peur, chaque jour un peu plus.

Son père était-il traité de la sorte au front ? Peu de lettres parvenaient et elle savait que sa mère ne lui lisait pas tout. Il y avait les morceaux choisis, ceux pour donner du courage, pour la grand-mère et elle, et il y avait les autres, ceux qui parlaient d'amour, qu'il ne destinait qu'à sa femme, et aussi ceux qui disaient la souffrance, sans trop inquiéter. La misère était contagieuse, comme la gale ou la tuberculose. Et puis qui croirait que se battre pour la liberté, l'indépendance, la dignité et les droits de l'homme, c'était ça ? Comment ceux qui restaient à l'arrière pouvaient-ils entendre l'horreur des combats, les poilus abrutis de fatigue, de froid, de faim, les canons dévorant les soldats, la mort entrant par tous les pores de la peau, collant son odeur jusqu'au fond de l'âme ?

Ce camp de misère, îlot funeste au milieu des pins, avait longtemps hanté la jeune fille. De son ami Yao, elle comprit qu'il ne servait à rien d'espérer le retour. Avait-il péri au Chemin des dames ou était-il, comme des centaines d'autres, enterré à même la dune juste derrière ? Lorsque, prise d'une irrésistible envie de hurler à l'injustice face à l'oubli du camp des Nègres, elle avait questionné sa mère, celle-ci l'avait battue. Histoire qu'elle comprenne bien que ce n'était pas sa place, que ce n'étaient pas ses affaires, que les Sénégalais étaient venus et repartis, comme ils le devaient.

Liberté, indépendance, dignité, droits de l'homme… fraternité. Égalité ? La seule égalité aura été celle face à la mort. Pour le reste… Anna ne pouvait plus rien effacer, elle portait un enfant, cela n'allait pas tarder pas à se voir.

Tombe la dernière larme. Hélène entre dans la cuisine, Anna ravale son chagrin, mais ne peut faire disparaître ses yeux rougis. L'horloge creuse alors le silence que déchire la chaise tirée. Les deux femmes sont assises face à face. Anna reste concentrée sur son travail, cherche à ne pas succomber à la panique d'une nouvelle crise de sanglots. Hélène se penche vers elle. Elle sent qu'au-delà de l'histoire simple d'un amour contrarié se cache une part bien plus cruelle du destin. Anna ne dit pas tout. Pas encore. Alors Hélène, avec une immense bienveillance, prend les mains de la jeune fille dans les siennes et l'encourage du regard. Comme une brèche déchire la digue et laisse les eaux envahir la campagne, Anna raconte.

14

Les mois de l'hiver étaient passés, les ciels bas, les brumes glaciales. Anna était restée à l'abri des regards. Les cœurs des familles se taisaient. Attendre que s'estompent les fêtes, la venue de l'année nouvelle, sans bruit, sans heurt. Ne pas réveiller le malheur. Couvrir de silence le temps qui s'enfuit pour ne pas tenter le diable de venir prendre le peu de vie qui restait. Attendre, encore et toujours, la visite du facteur. La redouter tout autant. Anesthésier l'existence, juste pour oublier la douleur de l'absence et user l'espoir d'une permission, d'un retour.

L'allongement des jours se mesurait à la clarté plus prononcée qui faisait danser les grains de poussière dans les rayons du soleil à travers les carreaux. Anna vivait recluse, interdite de sortie. La grand-mère s'était éteinte aux premiers jours de février, un jour de pluie. Anna l'avait vue partir, et avec elle le rose de la vie. Son visage s'était effacé pour laisser place à un masque de cire. Elle s'était accrochée à sa main bientôt froide, l'avait pleurée longuement. Anna était seule maintenant.

Son ventre allait en s'arrondissant. Elle portait sa tristesse avec tant de bonheur. Vaquant le jour aux affaires de la maisonnée pour disparaître le soir. Sa mère ne l'avait pas autorisée à venir au cimetière. À tous, elle avait dit que la petite avait une mauvaise grippe et devait garder le lit. Le meilleur moyen d'éloigner les âmes charitables de la maison. Éviter la contagion. Bannir la honte. S'il était impossible d'être mère sans être épouse, il était contre nature de penser que ce puisse être le fait d'un Nègre. Elle n'avait plus de fille, c'était aussi simple que ça.

« Je ne veux plus te voir. Tu m'as assez fait honte comme ça. Si tu veux manger, tu devras tenir la maison. Estime-toi heureuse que je ne te chasse pas. Comme si je n'avais pas assez de soucis avec ton père parti à la guerre et tout le travail sur les parcs. » Dernières paroles jetées par-dessus la dépouille de la grand-mère alors qu'elles la veillaient toutes deux. Depuis, plus aucun mot ne passait ses lèvres. Pas même lorsqu'elle recevait une lettre du front. Rien.

Anna était infiniment triste. Perdue aux origines de la vie. Au moment où elle aurait eu le plus besoin d'être accompagnée, elle était abandonnée. Laissée seule face aux doutes, à la peur de l'inconnu, à ses mille questions sur la mise au monde. Comment ferait-elle ? Qui lui viendrait en aide ? Dans ces moments-là, elle berçait son corps, genoux contre sa poitrine douloureuse, au rythme d'une complainte lointaine. Imaginant que le chant pourrait faire revenir Yao. L'appelant à son secours, en vain. Espérant trouver la force. Luttant contre l'idée de chercher dans un geste définitif le repos de son cœur. Suppliant la Sainte Vierge et le Bon Dieu de ne pas l'abandonner. Ce petit qui venait, c'était un petit d'homme. Il avait droit aussi à sa place parmi les vivants.

Elle s'apaisait à l'évocation des histoires merveilleuses de Yao, de son pays aux herbes hautes, au soleil mordant. De ses guerriers valeureux et de ses chasseurs farouches. De ses femmes fières et fortes. Anna se disait alors que la nature ferait son office et qu'il lui suffirait de suivre son instinct pour laisser venir au monde cet enfant. Comme la mère de Yao l'avait fait avant elle.

Le soleil montait plus haut dans le ciel, la chaleur s'installait, même la nuit. Le temps de la libération serait bientôt là. La mère surveillait du coin de l'œil le pas ralenti de sa fille, le ventre qui pesait plus bas. Elle guettait les signes, sachant quoi faire le moment venu. Chaque matin, elle quittait la petite maison en ayant soin d'enfermer à clé sa fille à l'intérieur pour qu'elle ne s'avise par de sortir ses rondeurs au vu de tous, tout autant que pour lui éviter une fugue inopportune.

Ce fut d'abord une sensation bizarre, un soulagement en même temps qu'un liquide chaud coulait entre ses cuisses. Anna releva le bord de sa jupe, incrédule, aspirée dans la flaque rosée qui se formait entre ses pieds, incapable de bouger quand une douleur vive lui accrocha les entrailles, lui coupant le souffle et les jambes. Elle se laissa glisser au sol. À quatre pattes, comme son corps le lui dictait. L'heure était venue. Elle attendit que la crampe s'estompe, se redressa, appuyée au dossier d'une chaise. Elle marcha lentement jusqu'à sa chambre. Elle prit dans le coffre à linge les draps que sa grand-mère avait conservés dès qu'elle avait compris. Elle se souvint de ses paroles douces. « Prends le temps de mettre au monde l'enfant, laisse lui faire sa place entre tes jambes. Tu auras peur, tu auras mal, mais dis-toi qu'il n'y a pas d'autre façon de faire. Ton corps s'adaptera. » Alors Anna fit comme elle le pensait, comme elle l'avait entendu dire aussi. Elle alla chercher de l'eau, approcha une bassine de son lit. Une contraction lui arracha un cri rauque, une plainte animale, qui la libéra. Elle laissa venir les suivantes, sans retenue. Tantôt marchant pour tenter de soulager ses crampes, tantôt s'appuyant au montant du lit, penchée en avant, jambes écartées. Elle n'avait plus peur. Elle écoutait chaque battement de son cœur, chaque crispation de ses muscles pour les accueillir et en faire ses alliés. Combien de temps dura le travail ? Elle n'en avait pas conscience. Lorsqu'une irrésistible envie de pousser la cloua accroupie, Anna ôta sa culotte d'une main, jambes écartées.

Tout ce qui dans son corps était obstacle à la venue au monde de ce bébé se déversa. Autant de sang que de matières, sa guerre à elle. Faire place nette pour accueillir la vie nouvelle, ne plus penser qu'aux jours heureux à venir, laisser derrière soi la souffrance, le malheur. Sa folie. Elle respirait avec difficulté à mesure que les contractions se faisaient plus longues, plus intenses. Ses cris plus aigus aussi. Elle fouilla la chambre du regard, cherchant comment s'installer. Elle se souvint avoir vu un jour leur chienne, pattes avant posées sur le muret du jardin, étirant son dos en baissant l'arrière-train, juste avant de mettre bas son premier chiot. Elle plaça des linges au pied du lit, serra les dents, s'adossa aux barreaux et se laissa glisser sur ses talons, retenue d'une main au montant. Elle remonta sa jupe, passa l'autre main entre ses cuisses souillées. Elle éprouvait une sensation effrayante à mesure que son entrejambe se dilatait sous chaque nouvelle contraction. Puis la pression devint si forte, la brûlure si intense qu'elle n'eut d'autre choix que pousser, de toutes ses forces, sentant progresser la tête du bébé. Tremblante de peur autant que d'épuisement, elle plaça la main sous sa vulve difforme et guida du bout des doigts la tête, dans un hurlement. Une ultime poussée, limpide, comme si son corps s'était résigné. Les épaules suivirent. Elle saisit à bout de bras la chair de sa chair, baignée de son sang.

C'était un garçon. Elle le détailla avidement, cherchant Yao à travers lui. Il était parfait. Le nouveau-né était si clair qu'elle avait du mal à trouver son père, la peau encore couverte d'une cire blanchâtre, un Pierrot coiffé d'un calot de cheveux d'un noir intense. Il poussa un cri et Anna se noya dans le soulagement de le serrer contre elle. Aimé. Il s'appellerait Aimé. Harassée, elle se sentait prête à défaillir. Doucement, comme on touche le bord d'un verre de cristal, usant de mille précautions tant il lui semblait fragile, elle l'emmaillota dans une de ses chemises de coton et le mit naturellement contre son sein. Adossée au pied du lit, le regard posé sur son nouveau-né, elle se laissa aller à la délivrance. La jeune femme regagna sa couche, apaisée, hagarde. Elle ôta ses vêtements maculés de sang et se glissa nue entre les draps rêches. Alors vint le repos, vibrant d'émotions inconnues, dans la douce odeur de la peau du nouvel Aimé, elle s'assoupit.

Une ombre la couvrait, elle s'éveilla en sursaut, elle chercha à tâtons son petit auprès d'elle. Il n'y était plus. La mère était rentrée sur le midi, un instinct de chatte l'avait ramenée à la maison plus tôt ce jour.

— Faudra plus jamais en parler. Je reviens tantôt. Fais le ménage dans tout ça ! asséna-t-elle en poussant du pied les linges souillés, l'enfant dans les bras.

Anna mit quelques secondes à réaliser ce qui était, elle se redressa sur ses coudes. Sa tête tournait, elle sentait sous elle une flaque humide qui collait le drap à ses fesses, ses cuisses. Elle avait perdu beaucoup de sang, avait épuisé ses dernières forces au fil des heures de la mise au monde.

— Où vas-tu ? Je t'en prie, laisse-le-moi.

— Je fais ce qu'il faut pour effacer ta honte ma fille.

Il n'y a pas de place ici pour un bâtard sans père, encore moins pour un Nègre, ajouta-t-elle entre ses dents. Oublie-le, c'est ce que tu as de mieux à faire.

Elle sortit, emportant Aimé.

Hurlant de toutes ses forces, Anna voulut se lever, la suivre. Elle chut sur les carreaux de terre cuite et perdit connaissance.

La femme n'avait d'autre volonté que sauver sa réputation. Dans le panier à son bras, elle avait déposé l'enfant enveloppé d'un drap. Elle hâtait maintenant le pas, priant le ciel qu'il ne se manifeste pas par quelque cri qui l'aurait dénoncée. Elle prit le chemin forestier pour gagner le village, puis la gare. De là, le train pour Arcachon, puis Bordeaux. Pas un instant elle n'hésita, déterminée à mettre un terme à ce qui était contre nature, ce qui jetterait un voile de déshonneur sur sa famille. Elle se devait de redonner à sa fille la possibilité d'un établissement honnête. Des semaines déjà que sa décision était prise. Lorsqu'elle lui avait confié cette maternité inavouable, le curé l'avait sommée d'agir en chrétienne. Au moins baptiser l'enfant dès sa naissance, il en allait du salut de son âme. L'union des jeunes gens serait le seul moyen de réparer la faute. Mais cette association contre nature ne pouvait trouver d'aboutissement dans une installation. Le mariage était inenvisageable, d'ailleurs le père avait disparu, ce qui portait bien confirmation du naturel malhonnête et vicieux de ces gens-là.

Les nourrices étaient par trop bavardes et le risque d'un placement confidentiel n'était pas possible avec un enfant de couleur. Et avec quel argent ? Le dépôt dans un hospice rendait le secret inviolable. C'était son devoir.

La peur de la damnation éternelle l'avait contrainte à passer par la cure, une aspersion vite faite, trois prières, un nom, Jean Marie, né à la Saint-Jean et confié à la Sainte Vierge, c'était là tout ce qu'elle pouvait faire pour lui. Baptisé.

Elle avançait maintenant, maudissant celui qui avait séduit et délaissé sa fille, ruinant sa vie, sa virginité. Ce sauvage qui avait jeté sur sa famille l'opprobre d'une faute qu'elle devait à présent faire disparaître. À bout de bras, quatre livres d'une vie qu'elle exécrait, qui la poussaient au geste qui la hanterait jusqu'à sa mort.

Elle remonta le cours de l'Argonne jusqu'à l'hospice des enfants assistés. Sans sourciller, elle présenta le nourrisson à la religieuse.

Bordeaux le 27 juin 1916 à 3 heures a comparu Pierre Robin âgé de 31 ans, employé à l'Hôpital-Hospice des enfants abandonnés, lequel nous remet un procès-verbal fait à l'Hospice des enfants abandonnés de la ville de Bordeaux, signé de J.-M. Isidore, commissaire de police, et J.-F. Pasquier, sous-directeur, duquel il résulte qu'« un enfant de sexe masculin âgé d'un jour né de père et de mère non nommés auquel on a donné le nom de Jean Marie, enregistré sous le n° 153, a été exposé au guichet dudit hospice, le vingt-six de ce mois. Fait en présence de Camille Lautière, âgée de 46 ans, cultivatrice, résidant à Cazaux, et Georges Périat, âgé de 21 ans, cocher, cour de la Marne, 19, lecture faite, le comparant et les témoins ont signé. »
L'employé d'état civil J. Rimbert

Le destin était scellé. S'il acceptait le sein d'une nourrice, survivait à l'asile d'élevage quelques jours, l'enfant serait placé dans une famille à la campagne. Dans son dossier apparaissaient les mentions : « enfant chétif », « catholique », eu égard à la médaille de la Sainte Vierge accrochée à un ruban bleu, glissé dans le vêtement qui l'enveloppait, « enfant métis ». Mais de tout ça, Anna ne saurait jamais rien.

Ainsi, l'inconduite d'Anna s'achevait, dans l'anonymat d'un orphelinat. Lorsqu'elle rentra à la nuit tombée, la mère trouva Anna, prise par la fièvre, gisant au sol. N'adressant aucune parole à sa fille, elle la leva, la coucha dans le lit de la grand-mère dans la pièce voisine. Murée dans un silence que ne relevaient que les gémissements de la jeune accouchée, elle s'affaira toute la nuit à enfouir dans l'oubli toute trace de la journée écoulée. Au petit matin, Anna était toujours délirante, la fièvre perlait à son front. Sa mère s'assit près d'elle et tenta de lui faire boire un fond de bouillon. Elle refusa. Deux jours durant, elle ne s'alimenta pas. Ses seins douloureux lui rappelaient qu'un enfant était venu, la douleur de l'arrachement lui tordait les entrailles. Elle n'aspirait qu'à trouver un endormissement profond, la vie n'avait plus aucune saveur. Pourtant aucun apaisement ne lui était donné. La panique s'emparait d'elle. Avait-elle oublié comment s'abandonner au sommeil, comment dormir ? Ne pourrait-elle plus jamais prendre de repos ? Elle voulait ne plus penser, ne pas avoir existé, ne plus vivre. Elle se tenait au bord de la folie, prête à basculer à chaque expiration, sans un cri.

Sa mère la veilla, la baigna dans son lit pour soulager son corps, lui prodigua les soins. Sans rien dire. Pas une parole salvatrice, pas un mot doux ne passa ses lèvres. Un linge humide sur son front, un visage de glace. Une caresse dans ses cheveux, sans un regard. Un oreiller pour la remonter, elle quittait la pièce.

Anna revint à la vie, malgré elle. La fièvre s'estompa et avec elle, un peu de sa raison. Elle recommença à se nourrir, parce qu'il le fallait, parce que l'instinct l'y poussait. Aussi peut-être parce qu'à travers les gestes de sa mère, elle comprit que l'espoir n'était pas mort. Jamais cette femme si pieuse n'aurait commis l'irréparable. Aimé était en vie, elle l'avait sans doute confié à quelqu'un.

15

La plaque en fonte de la cuisinière résonne du clapot feutré de la soupe qui bout à petit feu. Anna reste interdite, incapable du moindre mouvement. Vide. Fermée au cours des choses, sa vie s'est arrêtée. Vivre, c'était avant.

Pourquoi vient-elle de confier le chant des piroguiers ? *Bambali*, son secret venu du Sénégal. Aimé, l'enfant perdu. Madame va la renvoyer, c'est certain.

Pour ne pas déséquilibrer la terre entière, c'est à peine si elle arrive encore à inspirer de petites quantités d'air, elle n'ose déglutir de peur de déclencher la tempête tant redoutée. Sa mère l'avait prévenue : « Si tu parles… » Mais si elle ne parlait pas, rien n'existerait plus. Elle, Anna, à vingt-deux ans, connaît déjà toute la cruauté du monde, comme ceux de sa génération. Oublier ? Comment peut-on oublier la déraison humaine ? Peut-on se forcer à perdre le souvenir, n'est-ce pas y penser plus encore ? Elle ne l'oubliera pas. Seule la mort pourrait faire cela. Parfois elle l'envisage. Mais tant qu'elle vivra, ce sera avec le souvenir d'une main aussi douce que la sienne, d'une peau aussi chaude que la sienne, de sourires aussi radieux que les siens, d'un attachement qui ne connaissait ni limite, ni géographie, ni langue, entre ceux que la guerre avait destinés à se croiser. Anna se souvient de l'amour et du désespoir. Anna a vécu mille vies. Anna a connu la mort. La petite, à couper le souffle, tourner la tête, oublier, sombrer, se dissiper et faire corps avec l'âme du monde. La grande ne lui fait plus si peur aujourd'hui. De Yao, aucune nouvelle. A-t-il survécu aux tranchées ou aux maladies ? Jamais elle ne saura. Leur enfant aurait cinq ans. Il est perdu. Sa mère ne lui adresse plus la parole. Une punition. Un vœu.

Hélène écoute avidement le récit. Voici deux fois qu'une partie de l'histoire mystérieuse du camp des Nègres se révèle à elle. Ce n'est pas sans raison, ce ne peut être un simple hasard. Elle mesure la défiance de Roger, ainsi que la chape de silence convenu dont les habitants de la région entourent ce lieu. Pourquoi ?

La jeune femme sait depuis longtemps déjà que la vie n'est pas une unicité lisse, une ligne tracée par avance, mais le fruit d'une multitude de rencontres, d'humanités mêlées au gré des chemins de chacun. Elle doit en apprendre plus. Savoir pourquoi, comment. Qu'est devenu ce jeune soldat ? Elle se voit presque héroïne d'un roman de Gaston Leroux, un air d'exotisme en plus : le mystère du camp des Nègres. Tout cela est tellement plus attrayant que la cuisine ou la tenue de la maison…

Anna semble calmée. Elle relève les yeux.

— Madame attend un enfant, n'est-ce pas ?

Hélène se couvre d'un rose ardent au bord des pommettes. Elle joint ses mains comme en prière.

— Comment le savez-vous ? Je ne suis pas encore grosse.

— J'ai cru… Certains signes ne trompent pas, vous portez vos mains sur votre ventre plus souvent, vous dormez plus, vous vous essoufflez plus aussi.

Hélène sourit : ainsi, cette petite a suffisamment de jugeote pour voir ces choses-là.

— Oui, vous avez raison, mais ne le dites à personne, ce n'est pas encore assez sûr. Je pense que ce sera pour la fin de l'été.

— Oh ! Madame peut compter sur moi, dit Anna en s'étouffant d'un sanglot.

— Mais ne pleurez pas, Anna, je ne vous en veux pas de l'avoir dit.

— Madame, je suis bien heureuse pour vous. Et pour Monsieur aussi.

Le Courneau, ce 19 mars 1922

Mon cher papa,
Je ne veux pas laisser passer la Saint-Alexandre sans venir te souhaiter une bonne fête et t'offrir ce modeste présent qui n'a que la valeur d'avoir été fait par moi.
Nous avons ici un temps radieux, on se croirait au mois de juin tant il fait bon déjà. Le matin, on ouvre toute grande la fenêtre de ma chambre, dans mon lit je prends un bain de soleil et je respire l'air des pins. C'est un climat vraiment délicieux et toi qui es si frileux, tu t'y plairais beaucoup je suis sûre.
Ma belle-mère est venue passer dix jours avec nous, nous l'avons conduite au Cap-Ferret à Arcachon, au Truc-de-la-Truque et nous avons eu pour toutes nos excursions un temps merveilleux.
Je me demande combien vous payez les œufs à Soissons, ici je les paie 3 francs 50 la douzaine, mais pondus du jour et le beurre de table très fin à 32 sous le quart. Il me semble qu'à Soissons ce doit être plus cher.
Ce beau temps me donne des idées voyageuses et je crois que pour Pâques nous irons passer quelques jours à Biarritz avec excursions à Hendaye et à Saint-Sébastien. Nous irons à Pau et à Lourdes quand il fera encore plus chaud et que nous pourrons faire l'ascension de Gavarnie.
J'espère pouvoir t'annoncer bientôt une grande, grande nouvelle qui te fera bien plaisir, mais ce n'est pas encore assez sûr.

J'espère que vous êtes tous les deux en bonne santé, moi, je ne me suis jamais si bien portée de ma vie, le climat doit y faire pour beaucoup.
En attendant de vos bonnes nouvelles, je vous embrasse tous les deux de tout mon cœur.

Votre Nénette

16

Hélène a pris le train tôt ce matin. Les premiers à-coups réveillent une peur viscérale pour ce petit qu'elle porte. Il doit tenir. La maternité est exaltante et lui donne une nouvelle importance qui n'est pas sans lui plaire, et dans un même temps effrayante, la crainte de perdre sa ligne de jeune fille, son attrait de femme à peine éclose pour n'être plus qu'un ventre, une poitrine allaitante. Elle porte la main une fois de plus à ce petit qui ne marque pas encore sa taille, quatre mois, c'est trop peu pour être visible. Elle inspire une grande goulée d'air frais, après tout, elle n'est pas malade, juste enceinte, quoi de plus naturel ? Quoi de plus dérangeant ? se dit-elle parfois aussi. Elle balaie d'un revers les noires pensées qui l'assaillent.

Le convoi prend de la vitesse dans la descente, en arrivant vers La Teste. Plus que quelques minutes à supporter l'inconfort des wagons déclassés. Elle a entendu bien des anecdotes sur ce train poussif, sur les escarbilles qui enflamment les bas-côtés au pic du soleil d'été et les départs de feu que les passagers doivent étouffer en tapant avec des branchages. Les freins qui ne remplissent pas leur office et l'arrivée brutale sur les tampons de bout de ligne à La Teste ou, à l'inverse, lors du retour vers Cazaux, les délestages pour soulager le convoi et alimenter la chaudière de pommes de pin et branches au risque de devoir courir après les voitures dès la remise en route. Une aventure à sa mesure. Mais aujourd'hui, le trajet sera sans encombre.

Hélène serre dans son sac la lettre qu'elle a préparée pour Jeanne en marchant au sortir de la gare. La sensation de deux crochets qui tirent au bas de son ventre lui fait ralentir l'allure, rend son pas plus hésitant sur le chemin pierreux qui mène au bourg de La Teste. Elle prend le temps de s'asseoir. Fausse alerte, ce n'est qu'une fatigue passagère et la voici déjà repartie pour déposer son courrier. Deux missives. Car en plus de celle pour Jeanne, elle a préparé une demande destinée à l'état-civil de la mairie de Bordeaux. À Cazaux, elle a consulté le registre sans trouver l'acte de naissance et Hélène est déterminée à retrouver trace de l'enfant d'Anna. Chaque mot de cette histoire résonne en elle. Un écho aux questions dont les réponses ne viennent pas dans sa propre vie. C'est pour cela aussi qu'elle répond à Jeanne. Sa chère amie, toujours à ses côtés depuis leurs premiers pas, dont la dernière lettre était si triste. Hélène éprouve encore le malaise ressenti à la lecture, la main tremblante.

Ma chérie, j'ai trop longtemps hésité, mais aujourd'hui mon silence ajoute la honte de ne rien te dire à la peur de te savoir en mauvaise fortune. J'ai surpris il y a plusieurs semaines déjà, lors des vœux pour la nouvelle année chez mes parents, une conversation entre ton oncle et ton père. Je crains que ton cher oncle ne soit en train d'œuvrer à te discréditer au regard de tes parents. Les propos qu'il tenait à ton égard étaient d'une dureté sans nom. Il portait ses mots comme des coups, en appelait à

« l'honneur de la famille », aux « liens du sang », à « l'ingratitude » dont tu aurais fait preuve, à leur vie que tu « étouffais d'un abandon pour suivre un intrigant », à « leur vieillesse qui ne serait que larmes à avoir nourri en leur sein un parasite venu d'on ne sait où... ». Je t'épargne les horreurs dont il menaçait ton pauvre papa qui semblait des plus abattu. Ma chère Hélène, tu as en moi la plus fidèle amie, sois-en certaine, et ton secret est pour toujours bien gardé. Si je me résous à t'écrire à ce sujet, c'est que je crains que tu ne sois en danger, car à force de manœuvres ton oncle pourrait bien manipuler l'esprit de ton pauvre papa. Ce dernier l'a quand même mouché en lui rétorquant qu'il n'avait rien à dire puisqu'il ne savait rien, et qu'il pourrait être pris à son propre jeu. « À quel déshonneur t'abaisses-tu pour tenter de capter ce qui est mien ! », lui a-t-il dit. Vois comme la situation est grave. Ils parlaient bas, retirés dans la bibliothèque tandis que les autres écoutaient ma sœur jouer du piano. La corvée annuelle des jeunes filles de bonne famille. Comme je suis heureuse d'y échapper depuis que je suis professeur agrégé ! Mon passage à l'école normale supérieure de jeunes filles m'aura au moins valu cette émancipation-là. Je ne sais comment intervenir pour te protéger des méfaits de ce requin d'oncle. Voudrais-tu que je prenne ta défense auprès de tes parents ? Je t'en prie, donne-moi vite de tes nouvelles et surtout écris à tes parents, dis-leur combien tu les aimes. Je sais qu'ils te portent aussi en leur cœur. Je pense bien à toi et espère bientôt pouvoir venir t'embrasser, dans ton petit coin de paradis girondin.
Ton amie pour toujours, Jeanne

Les mots avaient cueilli Hélène, comme on fauche une fleur aux moissons. Elle s'était assise, avait relu et s'était immédiatement préoccupée d'une réponse. Elle était courroucée des manigances de son oncle et surtout très inquiète à la peur de perdre l'affection de ses parents. Car de son héritage, elle se souciait peu. Seul comptait qu'on l'aime. Elle n'était pas la fille parfaite, tant s'en faut. Elle leur avait causé du souci, bien malgré elle. Seul l'amour l'avait portée loin d'eux. L'amour pour Roger. Sa destinée. Fallait-il lutter contre ? Mais elle savait qu'elle avait tout en elle aujourd'hui pour leur offrir la seconde vie dont ils rêvaient, ils allaient devenir grands-parents, cela suffirait à effacer leurs peines. Elle avait aussi bon espoir de pouvoir se rapprocher rapidement d'eux et Roger étudiait sérieusement pour obtenir son grade supérieur. Alors, quelle malveillance, quel ragot pourrait les faire renoncer à ce petit tant attendu ? Rien ne comptait plus pour eux que ce bambin dont elle allait leur faire cadeau. D'elle, l'enfant du cœur, à eux, les grands-parents devenus légitimes. Tout était là. Dans cette vie balbutiante au creux de son ventre.

Elle avait donc écrit à Jeanne, pour la remercier, la rassurer aussi. Lui confier la joie de son tout nouveau bonheur. Elle lui avait raconté sa vie à Cazaux, son apprentissage de la conduite, avait caricaturé les femmes des officiers de la base portant plus de galons que leurs maris le dimanche à la messe. Elle lui avait confié ce qui l'occupait plus encore : la tristesse de sa jeune protégée. Quels conseils pouvait-elle lui donner pour savoir où avait été placé l'enfant ? Et elle, Jeanne, comment était son installation à Paris ? Avait-elle fait de jolies rencontres ?

Le Courneau, le 10 avril 1922

Mon cher papa et ma chère maman,
Pardonnez-moi d'avoir tant tardé à vous annoncer la très grande nouvelle. Il y a beaucoup de chances pour qu'avant le 10 septembre, votre famille s'augmente d'un petit-fils.
Roger est aussi heureux que moi de ce grand événement et j'espère de tout cœur que tous deux, vous partagerez ma joie.
Je suis vraiment une favorisée, car je n'ai eu aucun trouble, ni nausée, ni dégoût, ni envie. Je ne me suis jamais si bien portée de ma vie, pas la moindre fatigue, ni lourdeur. Quand je pense que la moitié de ma grossesse est passée déjà, je ne peux pas y croire. De tout mon cœur je voudrais que ce soit un fils et dès maintenant je veux demander à papa d'en être le parrain. Il me semble que jamais le mois de septembre n'arrivera tant il me tarde d'avoir mon petit.
Jeudi nous avons fait une pêche presque miraculeuse, nous avons attrapé un brochet de trois kilos, vous voyez d'ici la bête, j'en ai pris des photos et je vous en enverrai des épreuves.
Il commence à faire bien bon ici. Roger veut que je passe mes après-midi dehors au soleil, aussi, j'ai déjà le cou et les bras brûlés à vif de coups de soleil. Si vous voyiez ce que je suis heureuse de trotter dans les pins ou dans la lande à cueillir des genêts, pêcher des grenouilles ou des poissons. J'ai quatre petits canards qui ont dix jours, ils sont tout plein adorables et j'ai marié une lapine, aussi, j'espère avoir bientôt d'autres élèves. Vous savez, une fois

que j'ai des bêtes, je suis heureuse. Je voudrais bien aussi un chat, mais avec mon rat blanc, ce n'est guère pratique.
En attendant avec impatience de vos bonnes nouvelles et espérant que vous êtes tous deux en bonne santé, je vous quitte et vous envoie mes meilleurs baisers.

Votre petite Nénette

17

Chaque jour Hélène pose de profil devant le miroir de sa coiffeuse. Il n'est pas plus grand que deux feuilles de papier et il lui faut trouver l'endroit idéal où se placer pour pouvoir englober d'un coup d'œil son ventre de la poitrine au pubis. Oui, on ne peut plus en douter, elle est bien grosse. Cela va commencer à se voir. Elle en est heureuse. Tant d'attentions entourent les futures mamans. Maman. Quel doux mot. Il n'y aura que son petit à pouvoir l'appeler ainsi. C'est une nouvelle vie. Fille, jeune fille, femme, épouse et bientôt mère. Des taches brunes marquent depuis hier son visage et son cou, elle devra apprendre à se méfier du soleil, pense-t-elle au moment où elle entend un coup d'avertisseur dans la cour devant la maison. Voilà Abélie ! Depuis qu'elle a obtenu sa licence de conduite, elle emprunte son automobile à Jean lorsque leurs maris sont sur la base pour les essais. Elles partent alors toutes deux sur les chemins et Abélie laisse le volant à Hélène qui parfait son maniement de l'engin avant de passer à son tour la licence.

— Où allons-nous aujourd'hui ? demande Abélie.

— Voir le curé, répond Hélène en riant aux éclats.

Un temps d'arrêt marque la stupéfaction d'Abélie.

— Es-tu sérieuse ? Tu sais, moi, les curés…

Hélène, stoïque, ne dit mot.

— Aurais-tu commis quelque inavouable crime qui nécessite une confession urgente de ton péché pour sauver ton âme ? la taquine-t-elle.

— Non, ma chérie, sache que je suis absolument en règle avec le Bon Dieu.

— Alors que veux-tu au curé ? poursuit Abélie en prenant la route de Cazaux.

— Au curé, je ne veux pas grand-chose, si ce n'est consulter le registre paroissial. Pendant que je le ferai, tu seras assez aimable pour attirer l'attention du père et des bigotes afin que je puisse fouiller à mon aise ledit registre.

— Que me racontes-tu là ? Quels mystères ! Hélène, de quoi s'agit-il ? Tu m'intrigues.

Hélène sourit, passant son bras à la fenêtre, elle prend un air de conspiratrice.

— Arrête-toi ici, au bord du canal. Nous irons à l'église à pied et chemin faisant, je te dirai deux choses importantes.

Abélie est sans voix, heureuse qu'Hélène lui ait confié sa maternité et peinée en son for intérieur de n'avoir pas, jusqu'alors, malgré tous ses vœux, pu offrir un enfant à son mari. Elle sait bien que sa vie emplie de fêtes, d'extravagances, d'excès et de folies passagères n'est qu'un leurre du bonheur. Elle a consulté un médecin il y a déjà plusieurs mois, spécialiste de la stérilité qui lui a donné maints conseils sur la manière de s'y prendre avec son mari pour concevoir un enfant. L'aurait-il prise pour une demeurée ? Bien sûr qu'elle savait qu'on avait des enfants en ayant une relation sexuelle. Bien sûr qu'elle mettait tout en œuvre, le plus souvent possible, pour y arriver. « Lorsque l'on éprouve des difficultés à procréer, il est des choses qu'il faut savoir… », lui avait-il dit d'un air pompeux. Elle en était sortie avec la même angoisse. Les mêmes larmes chaque fois que ses règles revenaient, ce sentiment d'échec. Il lui avait recommandé une cure d'eau salée à Salies-de-Béarn, les thermes y étaient réputés pour traiter les « maladies de femme », et lui avait prescrit en attendant des douches vaginales avec des infusions de feuilles d'ortie. Elle n'avait même pas osé en parler à son mari. Pas plus que de l'examen poussé auquel elle avait consenti. Entre la peur et la honte, elle se demandait si elle y retournerait un jour. Accrochée au bras d'Hélène alors qu'elles marchent à l'ombre des platanes, elle lutte contre la jalousie qui l'envahit. Il y a sans doute des médicaments contre la maladie, pas contre le destin.

— Tu m'as dit que tu voulais me confier deux choses importantes. Quelle est donc la seconde ? coupe-t-elle.

— C'est précisément cette seconde affaire qui nous amène ici. C'est pour ma jeune bonne, enfin, celle qui fait office de cuisinière. Tu ne croiras jamais ce qu'elle m'a appris…

Hélène raconte alors à son amie la venue au monde de l'enfant métis.

— Et donc tu veux voir si le registre paroissial porte la trace de cet enfant ?

— Oui, c'est ça.

— Mais pourquoi ? Enfin, que t'apportera de le savoir ?

— Je voudrais réparer une injustice. Cet enfant a été enlevé à sa mère. Il doit être aussi malheureux qu'elle l'est. La première fois que j'ai vu cette jeune fille, elle venait de se jeter dans le canal. Elle s'y laissait couler, si je n'avais crié…

Abélie lève les yeux en soufflant, elle tord le nez d'un faux air réprobateur, piquée de curiosité.

— Allons-y ! Nous verrons bien où cela nous mènera.

Et je n'ai rien d'autre de prévu pour aujourd'hui, lança-t-elle gaiement, entraînant Hélène d'un pas décidé.

La petite église de Cazaux dore ses pierres au soleil. À l'intérieur, la pénombre. La fraîcheur du lieu a porté des châles noirs aux épaules des fidèles qui y récitent le chapelet en ce temps de Carême. Hélène, suivie d'Abélie, se signe au bénitier ancré dans le mur près de la porte latérale. Puis toutes deux longent les chaises pour gagner la sacristie où le curé sieste discrètement dans son fauteuil paillé couvert d'une peau de brebis, pour seoir à son confort. Un léger raclement de gorge d'Abélie, hilare, le fait sursauter.

Après quelques salutations et bavardages pieux de rigueur, Hélène s'élance dans son mensonge tout en optant pour une absolution immédiate étant donné qu'une sainte intention se cache derrière ses agissements.

— Monsieur le curé, me permettez-vous de consulter le registre paroissial ? Je souhaiterais faire dire une messe pour tous les couples qui se sont mariés dans l'année afin de partager avec eux notre bonheur d'attendre un enfant et de confier à la Sainte Vierge leurs désirs de maternité.

Le curé, d'abord interdit de cette demande inattendue, réfléchit. Après tout… ce serait bon pour augmenter le montant des collectes et une messe dédiée est, la plupart du temps, assortie d'une invitation à partager un excellent repas.

— Je veux faire les choses comme il se doit, renchérit Hélène, et je veux aller tout d'abord visiter chacune des paroissiennes mariées cette année.

Le prêtre sort le lourd registre de l'armoire et le dépose sur la table. Abélie le prend alors par le bras et l'entraîne vers l'église avec un regard complice pour Hélène.

— Mon père, je m'interroge depuis fort longtemps sur les signes qu'il faut voir dans…

Hélène hésite une seconde, puis ôte ses gants et ouvre le registre, elle parcourt très rapidement la section « Mariages » de l'année écoulée. Juste histoire de s'affranchir d'éventuelles questions du curé. Puis elle remonte le fil des pages jusqu'en 1916. Anna a accouché en juin. Hélène compulse rapidement les certificats de baptême du mois de juin. Sept enfants sont nés entre le 3 et le 28 juin. Trois filles qu'elle élimine immédiatement, et quatre garçons. Théophile Baleste, né le 8 juin, décédé en décembre la même année. Étienne Dandreau, né le 15 juin. Jean Marie, né le 26 juin, baptisé le jour même. Jérôme Charles Lafon, né le 30 juin. Hélène prend son calepin et note rapidement toutes les informations portées au registre. Comment remonter maintenant le fil de vie de ces enfants ? L'un d'eux est-il d'Anna ? La jeune femme relit les trois prénoms : Étienne, Jean, Jérôme… Une singularité attire son attention. Le nom d'un des baptisés n'est suivi d'aucune mention de père ni de mère, le parrain n'est autre que le curé de la paroisse et si une marraine a bien signé, son identité n'est pas retranscrite. Voilà ! Hélène en est certaine, elle a enfin trouvé une trace de l'enfant d'Anna et c'est au comble de l'excitation qu'elle se rend compte que le prêtre est au fait de son existence au moment même où, en compagnie d'Abélie, il regagne la sacristie. Elle brûle de lui poser la question, mais se ravise. Il vaut mieux agir avec prudence. Si la mère d'Anna a pris soin de faire disparaître tout souvenir de cet enfant, elle peut encore aujourd'hui lui nuire.

Elle va donc manœuvrer, et faire en sorte que les secrets deviennent des bavardages. Que se livrent à elle les parties cachées de l'histoire de Jean ou Aimé, comme le nomme sa mère.

— Mon père, je me pose la question du baptême pour l'enfant à naître. Quand doit-il être présenté au saint baptême ?

— Sans aucun délai ma fille, surtout si son état laisse percevoir le moindre danger.

— C'est que... je ne sais où j'irai faire mes couches, sans doute chez ma belle-mère à Libourne et en ce cas, nous ne serions pas à Cazaux. J'aimerais tant que mon petit soit baptisé par vous, mon père, dans cette église où nous nous sommes mariés avec Roger. Nul autre que vous ne saurait donner plus de sens à cet acte, dit-elle en prenant ses mains dans les siennes.

— J'en serais des plus heureux, Madame Duménieu. Chaque âme nouvelle qui se confie à notre Seigneur est une grande source de joie pour moi.

— Et comme il a dû être difficile pour vous de voir vos paroissiens si jeunes rappelés à Dieu pendant la guerre. Lorsque je pense à toutes ces veuves, tous ces orphelins, ces enfants qui n'auront pas connu leur père, ces familles livrées à elles-mêmes. Quel malheur ! renchérit Hélène.

Abélie, légèrement en retrait, commence à trouver le temps long. Qu'est-ce qui peut bien encore avoir germé dans l'esprit facétieux d'Hélène, qui la pousse ainsi à lui faire subir la torture pastorale ? Autant de niaiseries ne lui ressemblent guère. Si son amie veut finir dame patronnesse, elle ne doit pas compter sur elle pour la suivre. Elle qui vient d'entendre le curé lui expliquer que chaque jour, chacun des péchés des hommes est un caillou en travers du chemin de croix entravant Jésus, une épine à son front, un clou à la croix du Christ, n'a qu'une envie : quitter au plus vite cette odeur d'encens et respirer l'air des pins.

Hélène pourtant poursuit cette conversation emplie de grave vacuité.

— Vos œuvres sont nombreuses mon père et je suis certaine que vous avez agi avec héroïsme sacerdotal durant ces temps de misère, afin que chaque enfant trouve une place au sein de l'Église. Je vous vois empli d'humilité, ajoute-t-elle en lui prenant le bras pour faire quelques pas. Ne soyez pas si modeste. Il en est de même de ces jeunes filles qui sont parfois abusées par des hommes sans vergogne. Heureusement que vous êtes là pour les guider sur le droit chemin et assurer le salut de l'âme du fruit de leur faute. Je sais quel saint homme vous êtes.

Abélie, entendant cela, faillit s'étouffer. Quelle flatteuse ! Néanmoins, elle doit admettre que l'effet sur ce brave curé de campagne est immédiat. Sortir de la sacristie et remonter l'allée des bigotes au bras de Madame Duménieu lui donne une nouvelle stature quand il passe la porte de l'église.

— Comment pourrais-je soutenir vos œuvres, Monsieur le curé ? J'aimerais donner un sens à la venue au monde de mon petit en aidant les enfants abandonnés. Où sont placés ceux de notre paroisse ? Vous avez très certainement été confronté à des situations ayant nécessité autant de diligence que de discrétion pendant la guerre.

Un temps hésitant, l'homme d'Église laisse place au fils de fermier qui a suivi sa vocation par désir d'œuvrer au bien de tous.

— Il y a un bureau d'abandon à Bordeaux et même si le secret de la naissance peut y être gardé, je me suis toujours assuré que soit donné aux nourrices l'acte de baptême des enfants qui leur sont confiés.

— Je n'en doutais pas. Je vais réfléchir à quelle aide apporter à ces enfants. Nous en reparlerons. Pourquoi ne pas venir déjeuner avec nous un dimanche, mon père, après les fêtes de Pâques ?

Hélène cache mal son excitation alors que les deux amies regagnent les bords du canal, à l'ombre des chênes et des arbousiers. Pour peu, elle battrait des mains telle une enfant face à une part de gâteau au chocolat à l'heure de la collation. Elle noie de paroles Abélie qui lui prend le bras. Elle se tourne vers Hélène avec un léger pincement entre les sourcils. Un regard imperceptiblement désapprobateur qui accompagne ce qu'elle ne peut taire plus longtemps.

— Hélène, je ne te comprends pas. N'avons-nous pas assez à penser ? Es-tu désœuvrée au point de t'enticher de cette bonne et de son histoire, soit dit en passant sordide ? Ne va pas te compromettre aux yeux de tous. Que t'apportera de retrouver trace de cet enfant ?

Hélène fixe Abélie, son visage semble nourri d'un apaisement nouveau.

— Cet enfant souffre certainement de ne pas connaître sa mère. Ne crois-tu pas qu'il y a eu assez d'épreuves comme ça ? Que reconstruire la France, c'est autoriser chacun, chacune d'entre nous à goûter au bonheur ? Je ne peux me résoudre à laisser Anna ainsi. C'est une telle injustice.

— Mais Hélène, réfléchis. Si tu le retrouvais, si tu menais sa mère naturelle jusqu'à lui, quel serait leur avenir ? Comment ta bonne pourrait-elle assumer son éducation ? Quelle place lui feraient les gens d'ici avec un bâtard ? Pire encore, un bâtard nègre ! Tu vas au-devant de plus de souffrance que de bien, voilà ce que je pense. Et j'espère que tu pardonneras ma franchise et resteras mon amie, mais je crois que tu dois oublier tout cela. D'ailleurs, l'enfant ne sait peut-être même pas qu'il est orphelin. Il a pu être placé dans une bonne famille qui l'élève comme sien.

Hélène prend le temps de réfléchir. Tout résonne en elle. Même au cœur d'une famille aimante, cet enfant a le droit de savoir. Elle ralentit le pas et laisse le vent dans le feuillage ponctuer la conversation. De sa main, elle serre tendrement le bras de son amie.

— Bien sûr que je ne t'en veux pas. Comment le pourrais-je alors que je sais que tes paroles te sont dictées par l'affection que tu me portes ? Et cependant... je vais poursuivre cette idée. Regarde mon ventre. Aujourd'hui, rien ne le distingue des autres, il se cache aisément en ajustant la ceinture de ma robe. Pourtant demain, je serai si fière d'avancer derrière lui, dit-elle en éclatant de rire. Je vais finir telle une barrique et j'en serai immensément heureuse. Et quand mon petit viendra au monde, alors c'est son landau que nous pousserons ici sous les arbres. C'est tout le bonheur du monde qui se concentrera alors autour de nous. Je n'aspire plus qu'à cela. Comprends-tu qu'alors je sois traversée d'un immense chagrin en pensant à Anna ? Il m'est impossible de vivre tout ce bonheur sous ses yeux.

— Bien, en ce cas, renvoie-la ! tranche Abélie.

Hélène sans le vouloir, l'a blessée. La maternité à laquelle Abélie n'accède, les grossesses bien portées, les nourrissons des autres, tout cela ancre une jalousie sourde au plus profond d'elle-même. Une blessure cachée, un venin puissant qui anesthésie son cœur.

Le Courneau, vendredi

Ma chère maman,
Je t'expédie par le même courrier des brise-bise pour la salle à manger, ils sont tout simples, comme tu vois, mais tout à fait à la dernière mode. Ils auront probablement besoin d'un bon coup de fer en arrivant, mais quand tu les auras posés, va sur le balcon et tu verras l'effet qu'ils produisent.
Nous avons passé les fêtes de Pâques à Bordeaux, mais il faisait très froid. Quel vilain temps de printemps !
Il est question d'aller passer trois semaines à Grenoble, chaque camp d'aviation doit y envoyer un pilote au centre d'études de montagne. Comme élève officier, c'est Roger qui a eu la préférence. Cela me ferait un beau voyage, et les 10 francs d'indemnité que l'on touche par jour de déplacement paieraient largement nos suppléments de dépense, mais je voudrais que ce soit bientôt, avant que je ne devienne impotente, car je me propose de belles excursions dans la montagne.
Au début de mai, j'irai passer huit ou dix jours chez ma belle-mère pour me faire faire une toilette.
J'ai envie d'un grand manteau noir, le bas en drap et le haut très flou en crêpe marocain. Cela dissimulerait assez mon prochain embonpoint. C'est un modèle que j'ai vu de Poiret, c'est te dire si c'est chic, mais je me demande comment une couturière le réussira.
Mes petits canards poussent à vue d'œil, si tu voyais comme ils sont jolis, ils me suivent partout comme de petits chiens et quand je rentre, ils restent devant la porte à crier comme des perdus.

Je ne sais pas encore si j'irai faire mes couches dans une clinique à Bordeaux ou à Libourne, chez mère. D'un côté, à Bordeaux j'aurais tous les soins qu'on n'a pas chez soi, mais j'ai tellement peur de la péritonite que je choisirai sans doute Libourne pour être avec Roger au cas où il surviendrait un accident. Plus ça approche et moins je peux me figurer que je résisterai à une telle opération.
Tu serais bien mignonne de m'envoyer un de tes vieux corsages ou ce patron qui te va si bien, je te les retournerai dès que je les aurai relevés. Ne t'occupe pas de ton corsage d'été, j'ai trouvé un fort joli modèle qui te plaira beaucoup. Dis-moi seulement si tu préfères le corsage ou la casaque longue avec une petite ceinture nouée.
En espérant recevoir bientôt de tes nouvelles, je t'envoie mes meilleurs baisers à partager avec papa.

18

Ce mois d'avril semble interminable. Sans nouvelles d'Abélie, Hélène s'ennuie, elle doit bien se l'avouer. Les quelques jours passés à Bordeaux dans la famille de Roger n'ont pas permis jusqu'à maintenant d'avancer ses recherches, du moins pas directement auprès des services de l'adoption comme elle l'aurait souhaité. Tout cela parce que son mari est aux petits soins, tant et si bien qu'elle se sent parfois presque cloîtrée. Interdite de sortie seule, interdite de monter ou descendre les escaliers sans donner le bras... repos imposé, marche limitée, charge à porter prohibée, champagne exclu ! C'est insupportable à la fin. Une porcelaine de Sèvres sur un guéridon bancal, voilà ce qu'elle est...

Coincée en ville, dans cette grande maison, elle tourne en rond. Son unique occupation : éplucher les journaux datant de la guerre. L'oncle de Roger, doté d'un instinct de conservation hors norme, a tous les numéros de *L'Avenir d'Arcachon* depuis l'entrée dans le siècle, malgré son déménagement pour Bordeaux afin de se rapprocher de ses enfants. Hélène, assise dans la bibliothèque, passe des heures à parcourir les titres et se plonge dans les articles avec passion. Roger a pris cela pour une lubie passagère.

Comprendre une femme n'est pas toujours chose aisée, une femme enceinte, c'est au-delà de sa compétence aujourd'hui. Mais du moment qu'Hélène se tient tranquille, c'est entendu. Il s'inquiète pour elle ces derniers temps. Une pâleur sur son visage, un masque de fatigue marqué de cernes sous les yeux que la poudre a du mal à cacher. Des maux de tête, des vertiges qu'elle ne peut nier, associés à des palpitations cardiaques. Roger sait que porter un enfant est une des choses les plus dangereuses qu'un corps puisse entreprendre. À côté de cela, conduire une voiture ou piloter un avion est un passe-temps de dilettante. Dans cette affaire de femmes, sa mère lui est d'un grand secours. Elle prendra Hélène chez elle à Libourne le moment venu et s'est assurée de la présence de la sage-femme et du meilleur médecin de la ville si le besoin s'en fait sentir. Peu importe ce que cela coûtera. Il a charge d'âme en tant qu'époux et bientôt père. Il endure ses absences, mais son métier de pilote est ainsi, son engagement ne peut être partiel, surtout alors qu'il s'apprête à passer l'examen supérieur. Hélène doit en souffrir, mais lui ne doit y penser. Il s'applique donc à ce que chaque instant de présence à ses côtés soit le plus intense possible.

Dimanche de Pâques, Roger entrouvre la porte de la bibliothèque où elle s'est réfugiée une fois encore et couvre sa jeune épouse d'un regard doux.

— Ma chérie, quel temps maussade ! Nous irons à la messe en voiture, je ne veux pas te fatiguer plus ni te faire prendre un mal de poitrine sous cette pluie. Il va falloir te préparer et lâcher quelques instants tes lectures.

— Bien, je vais chercher mon manteau, dit-elle en se relevant avec précaution.

Roger s'approche et s'empresse de lui soutenir le bras pour l'accompagner jusqu'à la chambre.

— Mon chéri, je peux y arriver seule. Ne t'inquiète pas ainsi. Je ne suis pas en sucre et sortir sous la pluie fine ne me fera pas fondre et disparaître sous tes yeux ! plaisante-t-elle.

— Tu ne peux me reprocher de prendre soin de toi. Tu es ce que j'ai de plus précieux.

Hélène sourit, dépose un baiser sur la joue de son époux et esquisse un pas de danse sous ses yeux amusés.

— Eh bien, les joyaux sont faits pour être portés et montrés ! Pas pour finir au coffre. Nous y allons !

— Péché d'orgueil ! Vous irez à confesse Madame Duménieu, mais pour l'heure, vous vous en tiendrez aux recommandations de votre époux.

Hélène, docilement, prend le bras que Roger lui tend et sort de la bibliothèque. Les numéros de décembre 1916 de *L'Avenir d'Arcachon* qu'elle a mis de côté attendront qu'elle revienne.

Elle a une pensée pour Abélie. Depuis leur visite au curé, elle se languit de retrouver son amie. Elle l'a sentie piquée au vif, sans comprendre pourquoi. Quelle peine enfouie a-t-elle bien involontairement réveillée ? Dès son retour à Cazaux, elle ira la voir et la suppliera de lui pardonner ou tout du moins de lui expliquer.

Plus tard dans la soirée, après la messe de Pâques, suivie du repas familial, Hélène, fatiguée d'avoir trop mangé, s'est installée de nouveau dans la bibliothèque. Elle plonge dans l'article de décembre 1916. Le Courneau y est au centre de l'allocution de Blaise Diagne, député du Sénégal, à la Chambre des députés. Hélène y apprend les conditions de vie difficiles des tirailleurs. L'insalubrité, les maladies, la mortalité… Elle imagine Yao, son uniforme bleu ciel, ses sorties dans les rues d'Arcachon avec ses camarades.

Qu'est-il devenu ? Comment retrouver trace d'un soldat avec un simple prénom ? Au milieu de toutes ces incertitudes subsiste le doute semé par Abélie. Et si Yao avait tout simplement abusé de la candeur d'une fille trop jeune ? S'il s'était dérobé volontairement et l'avait abandonnée sans plus de considération que pour une femme de petite vertu dont bon nombre devaient graviter autour du camp, en ce temps-là ? Et cette pluie qui n'en finit pas et la tient enfermée, ici à Bordeaux... Hélène laisse échapper un soupir de lassitude.

Un coup sous la peau et une bosse qui étire son ventre la font sursauter. Nul doute que bébé, lui aussi, se trouve un peu à l'étroit. Hélène masse doucement son flanc. « Pas d'inquiétude, demain nous retournerons chez nous. » Roger vole dès mardi et les missions doivent s'enchaîner jusqu'à la Pentecôte si le temps le permet. Après il pourrait bien être appelé à partir pour les Alpes. Il travaille sans relâche pour passer son grade supérieur et Hélène n'aime rien tant que l'admirer pendant ces moments d'étude. Elle prend alors un livre, se place confortablement sur la méridienne ou dans une chaise longue à l'ombre des pins, choisissant un lieu d'où elle pourra voir Roger. Tel un enfant s'assurant que ses parents sont toujours près de lui, elle lâche son ouvrage des yeux régulièrement et sourit à la vision de son mari, le nez plongé dans ses cours, son carnet de croquis avec lui, reportant des repères, lisant des cartes, refaisant ses calculs...

Dès leur retour à Cazaux, Roger reprend son service et ce mardi matin, Hélène se lève de bien méchante humeur. Il faut dire que la nuit a été particulièrement courte pour elle. Son dos, son ventre lui font souffrir le martyre et la chaleur qui sévit depuis quelques jours semble s'étendre à la nuit maintenant. Baignée de sueur, elle a ouvert grand la fenêtre de la chambre. Quelle mauvaise idée ! Essayez donc de trouver le sommeil alors qu'un moustique a décidé de se repaître de chaque partie de votre peau. Qui plus est lorsque celui-ci a invité toute sa famille pour le gueuleton de l'année. Hélène n'a pas fermé l'œil. De l'intérieur, la manifestation de désapprobation a été tout aussi claire et au petit matin, c'est avec un corps meurtri tant au dehors qu'au dedans qu'Hélène est éveillée par sa bonne. Cette pauvre Madeleine ne comprend pas tout de suite pourquoi Madame souffle et la houspille sans raison. Cela a même tendance à inhiber toute réaction de sa part, forçant ainsi un peu plus le courroux de sa maîtresse.

— Aidez-moi à attacher ma robe, Madeleine.

La jeune bonne essaie autant que possible de boutonner la vingtaine de boutons couverts de tissu assorti à la robe de soie ivoire dans le dos de sa maîtresse, mais de toute évidence, l'embonpoint et la poitrine de la future mère ne rendent pas justice à ses efforts.

— Vous le faites exprès, Madeleine ! Allons, attachez le corsage, qu'attendez-vous ?

Elle n'ose trop tirer sur le tissu de peur d'abîmer un si beau vêtement. Et elle se garde bien de dire à sa maîtresse qu'à la vérité, jamais elle n'arrivera à rapprocher suffisamment boutonnières et boutons.

— C'est que... si Madame voulait se lever, peut-être que je pourrais...

Hélène souffle et se redresse, agacée.

— Dépêchez-vous donc ! Je suis épuisée.

Madeleine redouble d'efforts, ses doigts rugueux, plus habitués aux gros travaux, accrochent les fins fils de soie. Elle s'applique et cherche consciencieusement à agir avec finesse et c'est laborieusement qu'elle tente de nouveau de fermer la robe. Hélène ne cesse de gigoter, secoue ses épaules, se déplace d'un pied sur l'autre, empêchant Madeleine un peu plus. Cette dernière se demande bien pourquoi Madame lui joue la danse de Saint-Guy de la sorte, mais prend sur elle pour ne pas la contrarier plus encore.

— Bon, Madeleine ! lance sèchement Hélène. Cessez donc, vous n'y entendez rien.

— C'est que… Madame est bien trop grosse maintenant pour cette toilette. Il faudrait trouver un habit plus commode.

— Comment vous permettez-vous, Madeleine ? Ce n'est pas de ma faute tout de même si vous êtes empotée au point de ne pas savoir boutonner une robe !

— Peut-être devriez-vous vous en faire confectionner une à votre taille ?

Madeleine se serait bien porté la main à la bouche pour marquer ne pas avoir dit cette phrase volontairement, mais ces paroles de bon sens suspendues dans l'air étouffant de ce matin électrique retombent comme les marteaux sur les cloches des églises.

— Il suffit Madeleine ! J'en ai assez de vos insolences. Vous êtes renvoyée. Je vous paierai votre mois et vous quitterez mon service. Vous êtes plus habile à entailler les pins qu'à tenir une maison et à quinze sous de l'heure... Appelez-moi Anna, elle va m'aider à me vêtir.

Madeleine, furieuse, ne retient pas plus longtemps son franc-parler et assène avec aplomb :

— On n'a aucun regret à quitter une place dans une maison où les putains sont mieux traitées que les honnêtes filles.

Hélène a un haut-le-cœur, une bouffée de chaleur intense qui la laisse transpirante, face à son miroir qui ne la contient plus, à moitié nue, alors que Madeleine sort de la pièce d'un pas marqué. Elle ne peut que constater… Madeleine dit vrai, elle est difforme, son ventre pousse vers l'avant et ses seins pèsent plus lourd que jamais. Elle regrette, mais il est trop tard. Et puis, rien ne justifie que sa bonne lui parle de la sorte. Lorsqu'arrive Anna, douce et apaisante Anna, Hélène sanglote. La jeune cuisinière prend dans l'armoire une tenue ample et à la taille très basse, l'aide à enfiler la robe. Elle reste silencieuse et sourit à Hélène.

— Madame doit se reposer maintenant, dit-elle, toute cette agitation n'est pas bonne pour le bébé.

Le Courneau, ce 20 mai 1922

Ma chère maman,

J'ai reçu ta lettre ce matin, elle m'a fait autant de plaisir qu'elle était longue. J'avais de mauvaises nouvelles à t'annoncer aussi ce n'était pas pressé. Roger a échoué ainsi que son camarade à son brevet de chef de section, c'est la première année qu'on leur demande et on leur a donné onze jours pour le préparer, car leur dossier était prêt à partir pour Versailles et là il avait 99 chances sur 100 d'être reçu, car je l'ai vu travailler. Quand je pense que cela recule d'un an l'échéance, je suis désolée. Cela ne m'ennuie qu'à cause de vous, car je ne lui demande qu'une chose, c'est d'être commandant à quarante-quatre ans, quand il prendra sa retraite. Un commandant d'aviation a une si jolie retraite que rien qu'avec ça, nous pourrions vivre richement. Cela m'a quand même tellement contrariée que j'en ai été malade, de plus, j'ai fait une chute dans le jardin et j'allais très, très mal. Il fallait des précautions infinies pour me transporter du lit à la chaise longue. J'avais des faiblesses à toute minute et je me suis trouvée trois fois mal dans la même semaine. Tout cela tient de mon cœur et quand je suis contrariée il me joue le tour. J'ai parfois dans la tête que je ne pourrai jamais supporter les douleurs d'un accouchement, mon cœur ne le pourra jamais. Tu peux être tranquille, je ne suis pas près d'en avoir d'autres, c'est une véritable déchéance que la maternité. Quand je vois mon pauvre petit corps tout abîmé (et ce n'est pas fini), je regrette bien d'avoir accepté ce petit.

J'ai une ceinture de grossesse dont tout le devant est en caoutchouc, avec trois laçages de détente et doublée de peluche, elle ne me gêne pas du tout, au contraire, elle me soutient bien.
Nous avons eu ces jours derniers trente degrés à l'ombre, mais nous ne sommes pas trop mal par cette chaleur. Nous mangeons dans le jardin à l'ombre des pins, et j'y passe toute ma journée sur la chaise longue. Nous sortons après dîner dans la forêt. Tous les jours il y a des incendies dans les bois.
Je vais écrire au notaire un de ces jours. Demande à papa si je peux les mettre en dépôt dans une banque, à la Société générale, ce serait plus pratique il me semble, car chez moi j'ai trop peur de l'incendie et j'ai déjà assez à bringuebaler le peu que j'ai. J'ai l'intention en même temps de déposer de l'argent en compte courant. Maintenant les bons ne rapportent plus que 4,5 % et je n'aime pas garder trop d'argent sur moi. Je viens d'acheter un nouveau bon de 1 000 francs à l'an dont voici le numéro :
29 avril 1922 - série J 1q22. N° 47.374.079
J'ai encore 1 000 francs à placer, dis-moi ce qu'il vaut mieux que j'en fasse : bons de la Défense, bons du Crédit, ou en dépôt ? Parles-en à papa, veux-tu ? Tu vois, nous ne sommes pas malheureux. Nous avons notre petite réserve de 3 500 francs auxquels on ne toucherait pas pour un empire, en cas de maladie on serait bien heureux de la trouver. Je suis étonnée comme ça monte vite quand on commence à mettre de côté. Et pourtant nous avons eu des dépenses pour nous installer comme nous le sommes maintenant. La semaine dernière, Roger m'a acheté une grande

glace Louis XV avec fronton, pour ma chambre. Elle est très, très jolie et bien pratique parce que je m'y vois tout entière.

Figure-toi que j'enrage d'avoir refusé à Marie-Louise d'aller à sa communion depuis que tu m'as dit que le déjeuner se faisait chez Marguery, mais elle m'a invitée au moment où j'étais si malade et je pensais bien en mourir.

Toutes mes toilettes étaient pourtant prêtes, j'ai arrangé ma robe de satin noir, taille basse soulignée d'une ceinture de roses de satin, jupe longue à la cheville. Je me suis fait revenir de Paris une cape en crêpe marocain qui à partir du genou est continuée par de longues franges de soie. C'est très chic, et je suis sûre qu'elle te plairait beaucoup, et légère comme un souffle.

Après-demain, je pars à Libourne pour deux ou trois semaines, cela me distraira et puis j'aurai les docteurs et la possibilité de prendre de grands bains. Justement je voulais te parler de mes titres, ma belle-mère a un coffre à la Société générale, est-il préférable que je les mette avec les siens ou en dépôt ?

Elle est très heureuse que j'aille la voir, elle m'adore et va raconter partout que jamais on ne pourrait trouver une belle-fille aussi douce. Ça te fait rire, je suis sûre.

Elle voudrait bien que lui confie le petit à élever, mais elle peut toujours courir. Roger est si content d'avoir un muchacho !

Tu embrasseras bien papa pour moi et j'espère qu'il va aller mieux. Il devrait consulter un très bon docteur, car cela peut venir aussi bien de la trop

grande richesse du sang que de sa pauvreté et les deux régimes à suivre sont opposés.
Figure-toi que cette nuit Roger a été obligé de me réveiller, je pleurais comme une madeleine parce que je rêvais que papa était malade comme l'été dernier et ce matin je reçois ta lettre où tu me dis qu'il souffre d'anthrax, ça m'a frappée.
La tante de Roger connaît une pommade qui guérit tous les maux avec humeurs, c'est fabriqué par la baronne de La Laurencie. Ce n'est pas une drogue de pharmacien puisqu'elle ne le vend pas et qu'elle ne le donne qu'à ses amis et connaissances. Elle a fait, paraît-il, des cures merveilleuses. Je ne peux que te répéter ce que me racontent les bonnes gens. Veux-tu que je m'en procure et que je t'en envoie ? Ça ne coûte rien d'essayer et quelquefois le remède le plus simple est le meilleur, mais surtout il lui faut consulter un bon docteur et suivre un régime approprié.
J'ai commencé à faire de petites chemises avec les chemises de toile que tu m'avais données. Avec une seule chemise, j'en ai fait huit.
Dis-moi un peu comment je pourrais appeler mon rejeton, je suis bien embarrassée.
Le jardin pousse à vue d'œil et j'ai déjà quatre canards bons à manger et trois autres qui le seront bientôt. Il est vrai que je ne pourrai jamais me résoudre à en laisser tuer un, les canards et moi, nous nous adorons, je vais les promener dans la lande, ils me suivent comme des chiens.
Ici on a pris le service d'été. Pieds nus dans les sandales, bras nus, robes blanches, on se croirait aux bains de mer.

Bonsoir ma chère maman, en attendant avec impatience de tes bonnes nouvelles, je t'envoie les meilleurs baisers de ta
Nénette

Réponds-moi à cette adresse :
Madame Hélène Duménieu, 9 rue Fonnneuve, Libourne, Gironde

19

Trois journées entières à être le centre de l'attention, Hélène est déjà lasse de son séjour à Libourne. Certes, il est agréable d'être choyée et servie. Chacun de ses besoins est devancé, chacune de ses envies satisfaite avant même d'avoir été exprimée. De léger, son sort est devenu étouffant et sa belle-mère, pétrie des intentions les meilleures du monde, lui ôte peu à peu toute forme d'autonomie. Madame Duménieu a veillé à ce que, dès le jour de son arrivée, le médecin ausculte Hélène. Elle l'a prié de repasser chaque jour afin que sa belle-fille, qu'elle trouve « fort pâle et très fatiguée », soit sous surveillance continue. Hélène qui attendait avec impatience son séjour citadin pour s'évader un peu se retrouve contrainte dans une cage dorée. Mais c'est sans difficulté qu'elle a réussi à convaincre Madame Duménieu mère d'inviter Abélie à venir passer quelques jours à ses côtés, arguant de toute l'aide que pourrait lui apporter son amie.

La ville est une fournaise depuis le début de la semaine et la rue, que seules habitent des ombres en ce milieu de journée, étouffe le moindre souffle d'air. Derrière la grande maison aux volets mi-clos, le parc, ombragé de tilleuls au pied desquels s'étend une herbe encore verte qu'habillent des massifs de bégonias, reste un îlot de fraîcheur relative. Hélène, à qui sa belle-mère ne refuse rien, s'amuse comme une enfant à jouer les capricieuses. Pour l'arrivée d'Abélie, branle-bas ! Le déjeuner se prendra au jardin. Le vieil Amaury, au service des Duménieu depuis toujours, maugrée entre ses dents. Les lubies de la jeune Madame lui donnent bien du travail. Non seulement on dînera dehors, mais en plus il a fallu descendre toute la salle à manger, pour son confort. Et avec cette canicule… tout cela le met de fort méchante humeur.

Hélène, elle, s'en amuse. Elle va et vient depuis maintenant une heure, guettant les signes de l'arrivée de son amie. Avec Abélie, elle a prévu de s'échapper. Se libérer, sous chaperonnage, des velléités de régente de sa belle-mère. Tout d'abord, se présenter à l'examen de conduite. Pour cela, se rendre à Bordeaux au prétexte d'y trouver une robe de maternité et puisqu'elles seront proches de l'hospice des enfants abandonnés, y poursuivre ses investigations. Elle a noté dans son journal, un très joli calepin à couverture de cuir vert, tout ce qu'elle a collecté au sujet de l'enfant d'Anna. Comme un écho à sa propre histoire. Une date de naissance, une date de baptême, le nom d'une mère suffiront-ils à construire une identité ? Hélène a tourné ces informations en tous sens pendant des nuits entières. L'insomnie est devenue une compagne fidèle depuis le début de sa grossesse. Les heures s'égrènent chaque nuit au balancier de la comtoise, elle ne récupère qu'au petit matin ne sachant si ce sont les pensées qui chassent le sommeil ou l'éveil qui amène l'esprit à s'occuper. Tout n'est que questions : le passé, l'avenir, le présent. La vie, la mort, la haine, l'amour ? Qu'est-ce qui rend plus vivant : la haine ou l'amour ? L'a-t-on désaimée et abandonnée dès le premier jour ? N'était-elle pas désirée ? Ou bien a-t-on contraint sa mère comme cela a été pour la pauvre Anna ? Doit-elle croire que sa chance à elle réside dans la présence de celle qui, en devenant sa mère adoptive, lui a donné jusqu'à son prénom ? Son acte de naissance avec cette précision « Hélène Mojonnet, née le 10 avril 1899 à Paris de Juliette Mojonnet et de père non dénommé en présence d'Hélène François épouse Mouton » la trouble plus encore. Pourquoi ? Comment est-elle venue au monde, abandonnée de Juliette Mojonnet ? Quelle sombre manigance a fait d'elle aujourd'hui la fille légitimement adoptée d'Hélène et Alexandre Mouton ? Sa mère adoptive sait, sa présence en atteste, mais jamais elle n'en a dit quoi que ce soit à Hélène. Quel secret est donc celui de sa naissance ? Et l'autre part de sa filiation ? Car il faut bien un père aussi pour engendrer un enfant... Elle sent le besoin viscéral de reconstruire son histoire, rattacher à son vécu, à ses souvenirs un lien originel, dépasser les fantasmes et savoir enfin d'où elle vient. Mais elle veut pourtant ménager sa famille, elle l'a déjà fait bien trop souffrir en quittant Soissons.

L'interdit attaché au secret de sa naissance est bien trop fort et génère trop de contradictions pour lui permettre de trouver l'apaisement nécessaire au moment où, à son tour, elle porte la vie. Elle regrette maintenant, et d'autant plus depuis que Jeanne l'a prévenue des basses manœuvres de son oncle, d'avoir cherché par lui à savoir ses origines naturelles. Elle sent comme une menace planer autour d'elle. Elle s'en est ouverte à Abélie qui a mis ces inquiétudes sur le compte des bouleversements liés à la maternité. Tout comme les sensations d'oppression, de cœur qui s'emballe, de nœud dans la gorge qui s'intensifie et l'angoisse. « Tu as besoin de changer d'air, de sortir et de profiter des beaux jours qui reviennent. »

L'effervescence de Bordeaux, un nouvel élan pour Hélène. Accompagnée d'Abélie et avec en poche un petit pécule offert par sa belle-mère pour s'habiller et préparer la venue de l'enfant qu'elle porte, la jeune femme a dévalisé les boutiques de la Galerie bordelaise. Une robe de maternité en crêpe bleu, ceinturée sous la taille et au jupon plissé fluide qui efface quasiment son ventre, un bibi de même couleur, orné d'une plume discrète attachée par une broche perlée et elle se sent prête à conquérir le monde. Pugnace, déterminée. L'examen pour obtenir sa licence de conduite est une formalité pour la seule femme ce jour. Trouver une place pour déjeuner au Grand Hôtel de Bordeaux, rien de plus simple. C'est une journée où tout sourit.

La lourde porte vitrée grince sur ses gonds à ressorts. Dans une odeur de cire et d'eau de Javel, le guichet s'impose au centre du hall d'accueil en ce début d'après-midi. L'employée est affairée et ne laisse entrevoir que le haut d'un chignon strict, une coiffure hors du temps qui domine un corsage noir à col boutonné. Deux yeux interrogateurs ponctuent un froid « Madame ? » à l'approche d'Hélène. Quelques hochements de tête plus tard, un sourire pincé secoue le chignon.

— Pour toute demande de recherche d'enfant. Il faut prendre rendez-vous avec Monsieur Dufrisois.

— Est-il possible de voir ce monsieur maintenant ?

— Monsieur Dufrisois est le chef de service et il faudra revenir, car il est en conférence actuellement.

Pour Abélie qui la connaît bien, la marque légère qui vient de sillonner le front d'Hélène signifie non seulement sa déception, mais aussi son mécontentement.

— Je ne suis à Bordeaux que pour la journée et souhaite être reçue aujourd'hui même, dit Hélène avec calme et fermeté tout en posant la main avec assurance sur le comptoir. Qui est le supérieur de Monsieur Dufrisois ?

Une voix retentit derrière elles.

— Mesdames ? demande un jeune homme en blouse blanche.

— Ces dames souhaitent voir Monsieur Dufrisois, docteur, pour une recherche d'enfant abandonné, s'empresse de répondre la réceptionniste d'un air condescendant.

— Je m'en occupe, Mademoiselle Albert.

Le médecin sourit avec amabilité et s'efface pour guider Hélène et Abélie vers un corridor dans son dos.

— Bonjour, Mesdames, je suis le docteur Capdevielle. Je vais vous recevoir. Je vous en prie, au fond du couloir, sur votre droite.

La plaque de laiton au mur est gravée au nom de « Bernard Capdevielle, médecin des hôpitaux, médecine infantile ».

Il invite les jeunes femmes à s'asseoir et prend place dans un imposant fauteuil de cuir derrière un bureau à caissons Napoléon III. Tout le temps que dure l'exposé des éléments qu'Hélène a en sa possession, rien ne transparaît sur le visage du praticien. Il fait mine de griffonner sur son carnet les noms, dates, lieux. Abélie se tait. Cet homme est faux. Trop policé, trop froid, trop bien sur lui. Elle l'observe et se dit que le jeu est trop bien conduit et qu'il ne les mènera nulle part.

— Bien, conclut le médecin. Votre requête est assez inhabituelle et si j'ai bien compris, rien ne vous lie avec l'enfant.

Il marque une pause, comme s'il prenait le temps de la réflexion, ce qui agace fortement Abélie.

— Il m'est donc impossible de vous donner quelque information que ce soit à son sujet, reprend-il. Nous respectons l'anonymat des mères et protégeons les enfants qui nous sont confiés. Si sa véritable mère venait, ce serait une autre affaire, mais pour le moment, elle n'est pas ici. N'est-ce pas ?

Hélène, interloquée, déçue autant que vexée, reste sans voix. L'homme se lève pour mettre un terme à l'entretien et les raccompagner.

— Je vous souhaite donc une bonne fin de journée et si je peux me permettre un conseil : ne vous investissez pas outre mesure dans cette histoire. Cet enfant est une erreur. L'égarement d'une pauvre fille, abusée très certainement par un Nègre sans scrupule. On sait bien comme ils sont…

Hélène, la main serrant plus que nécessaire l'anse de son sac, s'apprête à se lever quand Abélie interrompt l'homme.

— Alors Monsieur, puisqu'il faut devant vous se mettre à nu, je le fais. Sachez que cet enfant est le mien, qu'il a été désiré autant qu'attendu et que seules les manigances d'une famille n'ayant pas plus d'âme que de cœur me l'ont enlevé. Oui, il est l'enfant d'un homme de couleur et d'une femme blanche. Oui, nous l'avons conçu en ayant des relations intimes. Intempérance et liberté nous ont portés de l'amour à la jouissance et de la jouissance à l'amour, et de la manière la plus naturelle qui soit. Cela vous choque-t-il ? Je vous demande ici, avec humilité de redonner un fils à sa mère.

Hélène retombe dans le fauteuil. Interloquée. Elle n'ose plus regarder Abélie. Celle-ci toise le docteur, droit dans les yeux. Elle a joué un coup de poker inattendu. Le bluff sera-t-il payant ? Hélène, puisant une nouvelle force aux côtés de son amie, se tourne alors elle aussi vers le médecin avec aplomb.

— Souhaitez-vous faire la une des journaux pour rapt d'enfant ? Car c'est bien de cela qu'il s'agit, non ? Mon amie a été malmenée et, profitant de sa faiblesse du fait de l'accouchement, sa famille lui a enlevé son nouveau-né. Comment vos services ont-ils pu accepter de le recevoir ?

— Mais, Madame, comment en serait-il autrement ? Le recueil des enfants dans l'anonymat est tout de même mieux que lorsqu'ils étaient abandonnés dans le tour[1] ! Nous ne pouvons être tenus pour responsables des actes de personnes mal intentionnées. Le statut des hospices pour enfants assistés nous en protège par ailleurs. Et réfléchissez-y, n'est-il pas mieux pour l'enfant lui-même d'être séparé d'une famille qui le rejette ? Quel serait son avenir ? Un métis, ça n'a pas de place dans notre société. Il ne saurait à quel milieu il appartient. Toujours tendu entre la civilisation et l'Afrique de son père, il serait malheureux et pourrait porter des déviances importantes. Pourriez-vous les assumer ? Car enfin, ce sont des sauvages ! s'emporte le médecin. À moins que vous ne le rendiez à son père pour qu'il reparte d'où il vient…

Sous le coup de la colère contenue jusqu'alors, Hélène se lève d'un bond, le docteur, surpris de l'énergie de la jeune femme, recule, ne sachant ce qui peut traverser la tête de ces hystériques, mais elle défaille et glisse sur le sol alors qu'Abélie pousse un cri.

Hélène reprend ses esprits en respirant les sels. Le médecin lui prend le pouls sous le regard inquiet d'Abélie, tandis que l'infirmière appelée à son chevet lui soutient la tête.

— Ce sont les nerfs, ce n'est pas étonnant, il faut éviter trop d'émotions dans son état, diagnostique le médecin avec un air de désapprobation.

1. Le tour était un système ménagé dans les murs des hospices permettant d'y déposer les enfants abandonnés.

Hélène ouvre la bouche puis se ravise. Inutile. Tout autant qu'il serait stupide d'alerter Roger et encore plus madame mère, mais elles devront être plus sérieuses à l'avenir.

La jeune femme, revenue à elle, est allongée quelques minutes dans la salle adjacente sous la surveillance de l'infirmière. Le médecin est reparti, vacant à plus important : sa sortie à l'opéra avec son épouse, mais avant cela, la soirée au café-concert prévue avec la jeune secrétaire de son confrère Gaston Dorriera. Une peau de pêche, de joues roses tout juste sorties de la campagne basque, un accent léger qu'elle tente de cacher, mais qui le fait voyager jusqu'aux plages de Biarritz… la simple évocation de la jeune femme lui met l'eau à la bouche et laisse inassouvi un désir marqué qu'il s'empresse de calmer derrière son bureau.

Dans l'infirmerie, Mathilde apporte une collation aux jeunes femmes. Elle évalue l'état d'Hélène en lui tendant une tasse de thé. Celle-ci semble remise de son étourdissement, mais son amie et elle restent muettes, atterrées. Abélie, retournée par la réaction du médecin, Hélène, étonnée, émue aussi de l'intervention de sa cousine. Les regards se croisent, hésitant entre fou rire et larmes lorsque Mathilde prend la parole.

— Je peux sans doute vous aider à découvrir ce qu'est devenu ce petit. Je peux accéder aux archives et si vous me donnez les éléments que vous avez déjà recueillis, je peux tenter de retrouver sa trace. Rien ne dit que vous obtiendrez ce que vous cherchez, mais aucun enfant ne devrait rester sans parents.

Les visages d'Hélène et Abélie s'éclairent. Le soleil perce les nuages en heureux présage. Le salut est féminin. Nul doute là-dessus.

Au moment de quitter l'institution, les deux amies se tiennent par le bras. Une respiration inédite leur a rendu confiance dans le destin. Le vieux monde était tristesse. Le monde nouveau est espoir, joie, folie. Il est féminin. Leur pas est plus léger et c'est sans peur qu'elles laissent la lourde porte se fermer derrière elles. Dans le hall, sa sacoche à la main, le docteur Capdevielle les regarde partir. Comment les femmes peuvent-elles avoir si peu de vertu ? Comment peuvent-elles se donner ainsi à un homme sans en mesurer les conséquences ? Un Nègre de surcroît ! Ces deux-là sont hystériques. Bonnes pour l'asile. Il est de son devoir d'alerter le commandement de la base de Cazaux de ces agissements inconséquents. Leur perversion est telle qu'elles représentent un danger pour elles-mêmes et pour leur entourage.

Le Courneau, vendredi après-midi

Ma chère maman,
Gronde-moi de ne pas t'avoir écrit durant tout mon séjour à Libourne, le temps ne me manquait pourtant pas. J'en suis revenue dimanche dernier. Roger venait passer du vendredi au lundi avec moi, mais je m'ennuyais trop loin de lui.
J'ai vu là-bas un docteur spécialiste en accouchements, très calé, et il m'a bien rassurée. Je n'ai absolument rien au cœur, mon appendicite se porte le mieux du monde, mon petit qu'il a mesuré avait vingt et un centimètres il y a dix jours. Quelle poupée ! Et il m'a félicité sur la manière élégante dont je portais mon petit. Il est vrai que tout le monde à Libourne m'appelait Mademoiselle, et pourtant je suis forte, je t'assure, mais je n'ai pas de ventre. Tous les mois il faut que je fasse analyser mes urines à cause de l'albumine et que je retourne voir mon docteur.
Les distractions ne m'ont pas manqué pendant mon séjour là-bas : théâtre, concert, bal, course de chevaux, régates, cela me change de mon patelin du Courneau. Dimanche nous avons passé la journée à Bordeaux et nous avons assisté à de superbes courses de taureaux. Je ne connais pas au monde de spectacle plus magnifique que celui-là. Pas de chiqué, l'émotion, l'enthousiasme qui vous transportent sont causés par un vrai danger ou un vrai courage. Les arènes sont immenses. 10 000 places. Toutes occupées dimanche. Un soleil resplendissant, le ciel bleu du midi, sur les gradins une foule élégante et bigarrée. Jamais je n'ai vu d'aussi jolies toilettes qu'à Bordeaux, les gens sont d'une coquetterie !

D'ailleurs les courses sont fréquentées aussi bien par du monde très chic que par tous les Espagnols enragés pour ce sport.
Pense que les premières coûtent 50 francs et les places populaires, 10 francs. Multiplie une moyenne de 20 francs par 10 000 places voir la recette qu'ils peuvent faire. Il est vrai qu'il y avait six toros de duc de Veragua qui valent chacun une somme rondelette et vingt chevaux sacrifiés d'avance. Les deux toreros étaient les fameux Mendez et Lalanda, des as de la tauromachie. La mise en scène est parfaite, ce que je préfère, ce sont les passes du début avec les capes de satin écarlate qui resplendissent sous le soleil. Le taureau furieux bondit, d'un souple mouvement l'homme s'écarte. La pose des banderilles aussi est très intéressante, mais je ne peux pas voir le travail des picadillos, c'est trop cruel de voir ces pauvres chevaux éventrés par la bête furieuse, c'est une véritable boucherie. La mort du taureau, très impressionnante. Mais jamais on ne peut retrouver la sensation éprouvée à la première course, c'est une impression qui ne se renouvelle pas.

Mercredi matin
Je continue ma lettre interrompue. Dimanche nous avons passé la journée à Arcachon, c'est délicieux en ce moment. Si je n'avais pas peur de m'y ennuyer, j'irais y passer quelque temps, mais je me suis trop ennuyée de Roger pendant mes vacances à Libourne pour recommencer l'expérience. Quand on a pris l'habitude d'avoir toujours près de soi quelqu'un qui est aux petits soins, qui vous câline, qui vous dorlote, c'est bien dur de s'en passer. Je t'assure

qu'il ne s'amuse pas en chemin. De toute notre petite bande, c'est toujours lui le premier de retour. Nous nous aimions peut-être bien l'an dernier, mais je crois que ce n'était rien à côté de notre affection d'aujourd'hui. Si par le temps, elle n'a rien gagné en calme, elle a gagné en intensité.

Quand tu auras l'occasion, tu pourras m'envoyer la petite brassière que j'avais brodée. Toute ma layette est prête, car ma belle-mère m'a donné celle qui avait servi au capitaine Duménieu et à Roger et qui est toute neuve et très belle. Ghislaine m'a envoyé aussi quelques bricoles, moi je brode des inutilités, des amours de bavoirs et de béguins. Ma belle-mère lui tricote des petites culottes et des brassières. Il y en a bien pour deux ou trois. Une douzaine de brassières, autant de chemises, de bavoirs, de couches-culottes. Cela va bien m'amuser ce poupon à dorloter, à habiller et à déshabiller. Pourvu qu'il ait des cheveux et que je puisse le peigner.

Qu'as-tu donné à Marguerite pour sa première communion ? Nous lui avons envoyé un grand crucifix de quarante centimètres de haut, il était fort joli et Marie-Louise en a paru très contente. Elle m'a dit que c'était son plus beau cadeau.

Nous avons quatre canards superbes et dimanche, si nous ne sortons pas, nous en sacrifierons un. Cela me fait bien assez de peine, ils sont si gentils. Des amours de canards.

Embrasse bien papa pour moi et garde pour toi les meilleurs baisers de ta petite

Nénette

20

Ce qui se trame est de l'ordre du complot. Hélène et Abélie ne se quittent plus, chuchotent plus qu'elles ne parlent et cessent toute conversation dès qu'approchent leurs époux. Un temps doux s'est installé sur le Sud-Ouest depuis le début de l'année, janvier avec vingt degrés portait de belles promesses, mais aujourd'hui juillet affole les thermomètres avec déjà plus de trente degrés. La pinède exsude un enivrant parfum résineux. Les heures chaudes de la journée sont vouées à la sieste. Les avions décollent, les progrès sont exponentiels et Roger et Jean de leur côté ne parlent plus que brevets, techniques, essais, inventions, laissant place libre aux projets des femmes. Avec la canicule, les incendies se multiplient. Sortir en forêt est peu recommandé et l'accès à l'océan doit se faire par la route. On gagne le bassin par La Teste, par le chemin de fer, mais sous le basalte, le sable est si chaud qu'il est préférable de circuler au petit matin, avec retour en soirée.

Hélène et Abélie attendent des nouvelles de la jeune infirmière Mathilde qui leur a promis, sitôt l'enfant localisé, de le leur faire savoir par poste restante à La Teste. Hélène se ménage peu, elle souffre, souvent. La course de son cœur s'emballe comme le moteur du Bréguet de Roger, elle s'assied, cherche un nouveau souffle. Parfois le malaise l'emporte jusqu'à la perte de connaissance. Roger est inquiet, il le cache la plupart du temps, veille d'un œil sur son épouse et lorsqu'il n'est pas avec elle, il s'est arrangé pour que toujours Anna soit présente. Il s'est ouvert de ces craintes à Abélie qui lui a promis d'être vigilante à ce qu'Hélène ne se mette pas en danger. Sa mère est prête à les rejoindre dès qu'il l'avisera. Elle a même proposé de garder Hélène avec elle à Libourne, mais cette dernière n'y tient pas. Elle s'y ennuie et ne veut que Roger pour rester à ses côtés.

C'est aussi depuis Cazaux qu'elle trouve toute liberté pour poursuivre ses recherches. Le curé est venu la visiter ce matin. Marcher dans le sable, il en a l'habitude, mais Dieu que c'est devenu difficile ! Il lui semble s'enfoncer toujours plus profond et ne plus arriver à lever les pieds. Il progresse au rythme d'une tortue de mer sur la plage, disgracieux mais déterminé. Il trouve la jeune femme assoupie sur sa chaise longue à l'ombre des pins dans le jardin. Hélène sursaute au raclement de gorge du curé. Transpirant sous la soutane, étranglé par le col romain qui n'a pas su grandir au même rythme que son embonpoint, il s'éponge avec son mouchoir et peine à retrouver son souffle. Anna le suit de près, attendant les ordres d'Hélène pour accueillir et installer le bon pasteur ou, plus à son goût, pour le raccompagner s'il est éconduit. Anna se méfie de cet homme de Dieu. Donneur de leçons, appelant à l'amour, mais ne le faisant jamais, pense-t-elle, sarcastique, en emboîtant le pas de la silhouette sombre. Elle lui en veut surtout de n'avoir pas été son secours, son roc, de n'avoir pas su tenir les promesses de ses psaumes. Ces paroles de vie, de force qu'elle chantait de sa voix si claire chaque dimanche. Si l'amour est le message, pourquoi Dieu l'a-t-il abandonnée, pourquoi a-t-il, lui, le berger, laissé égarer la plus faible de ses brebis sous l'assaut des loups ? Pourquoi son enfant lui a-t-il été enlevé ? Elle est certaine que sa mère n'a rien fait sans être allée chercher dans l'obscurité du confessionnal l'absolution pour son crime. Il est donc complice. Visage fermé, poings serrés au fond de la poche de son tablier, les yeux plongés dans l'acide de ses larmes épuisées, Anna souffre le martyre. Elle pense à Aimé. Elle revoit ses petits doigts, si parfaits, son nez fin, ses paupières encore closes. Elle détourne la tête. Hélène se redresse dans ses coussins.

— Bonjour, mon père, quel plaisir de recevoir votre visite, s'efforce-t-elle de dire pour cacher son étonnement.

Que les mondanités lui pèsent, surtout lorsqu'elle sent qu'une manigance plus que la courtoisie est à l'origine de sa venue.

— Anna, apportez-nous une citronnade fraîche et quelques pêches de vigne. Se tournant vers le curé, elle ajoute, souriante : je suis affamée. Ce petit se nourrit deux fois plus que moi.

Comme de bon ton en abordant une conversation quelque peu complexe, l'homme d'Église use de détours avant d'en venir à ce qui l'intéresse. De la santé d'Hélène au temps qui approche les hommes des fournaises de l'enfer, à la vie cazaline, il en arrive à l'idée qu'il a pensée si généreuse et pieuse de faire dire une messe pour les jeunes couples de la paroisse. Il tente de reprendre le cours de leurs derniers échanges : les enfants naturels, car il n'est pas si sot qu'il y paraît et s'il sait convenir à chacune de ses ouailles, c'est bien par la force de l'intelligence du cœur. Il s'accroche au fil de la conversation qu'Hélène s'ingénie à rendre aussi lisse qu'inane pour qu'il n'y trouve nulle emprise, jusqu'à ce qu'ils soient interrompus par l'arrivée flamboyante d'Abélie.

— Ma chérie, cette chaleur est étouffante et je suis couverte de poussière. La route est cachée par le sable qui descend de la dune, poussé par le vent, et garder le contrôle de l'automobile a été parfois bien difficile, mais me voici arrivée et je te vois en agréable compagnie. Je ne t'embrasse pas, mais le cœur y est, minaude-t-elle en pinçant ses lèvres rouges.

Le curé se trouve pris entre deux feux. La présence d'Abélie ne l'arrange pas, car c'est le sujet de sa visite à Hélène aujourd'hui, l'épouse du commandant Meursault ayant usé du confessionnal aux avant-postes de son salon pour répandre, sous couvert de la sauvegarde des bonnes mœurs, la nouvelle tenue de la bouche même de son mari qu'une épouse des officiers de la base aurait eu un enfant illégitime, métis de surcroît. Il ne sait quelle étrangeté l'a immédiatement amené à faire le rapprochement avec la venue récente d'Hélène et Abélie. Il aurait pu se contenter d'absoudre et de recommander d'éviter la médisance en plus de la violation du secret, tout en fustigeant l'indiscrétion des hommes autant que des femmes, mais il ne peut laisser cette rumeur mettre en péril tout ce qu'il a fait durant ces années de guerre. Surtout, croisant Anna en arrivant, il a compris que l'affaire était bien plus dangereuse encore.

— Mon père, je suis si heureuse que vous soyez ici, commence Abélie sur le ton de la confidence.

Elle pose sa main sur l'avant-bras de l'ecclésiastique en baissant les yeux. Ce dernier s'approche alors pour tendre l'oreille, incline la tête, prêt à accueillir sans jugement les paroles de la jeune femme.

— Madame Duménieu m'en est témoin, Monsieur le curé, j'ai menti. Mais cette mauvaise action trouve son fondement dans une cause juste. J'ai cependant crainte aujourd'hui que cela ne nous porte un grand tort.

Hélène, abasourdie, fixe sa cousine. Que fait-elle ? Pourquoi mettre en péril la pauvre Anna ? Va-t-elle se taire à la fin ? De quel droit l'expose-t-elle ainsi ? Pourtant Abélie poursuit et raconte par le détail leur visite à l'hospice des enfants abandonnés à Bordeaux. Hélène en a assez entendu et glisse au fond de ses coussins. Le mal est fait, advienne que pourra. Le curé a fermé les yeux. Il écoute, reste silencieux tandis qu'Abélie soulage sa conscience. Pas une fois elle ne prononce le nom d'Anna, laissant dans le secret l'identité de la mère.

Un lourd silence s'installe sous la pinède. Hélène semble évaporée, Abélie, apaisée et le curé, pris dans des pensées qu'il intègre les yeux clos. Lorsqu'il les ouvre enfin, il se lève, et tenant ses mains l'une dans l'autre, il se penche.

— Merci ma fille.

Rien de plus.

Il tourne alors les talons et quitte le jardin. Anna arrive au même moment, portant les verres et la citronnade. Il passe à côté d'elle sans un regard. À grandes enjambées, il traverse l'allée, son habit battant ses pieds ensablés.

— Où court-il comme ça, notre bon curé ? On croirait que le diable lui croque la soutane ! ne peut s'empêcher de lancer Anna.

Hélène se redresse dans un soupir.

— Alors là… Je ne sais que dire.

Abélie, loin de paraître gênée, lui sourit avec bienveillance.

— Sans doute la folie t'a-t-elle gagnée dans la nuit, reprend Hélène dès que le service est terminé, ou souhaites-tu nous exposer aux railleries de tout le camp ?

— Pas le moins du monde ma chérie et c'est bien pour éviter tout cela que j'ai pris les devants et parlé au curé. Écoute-moi. Jean est rentré ce matin de vol de nuit en racontant que le commandant leur avait passé un savon, leur demandant de veiller à ce que leurs épouses soient irréprochables. Il a ajouté que l'honneur, la patrie, la reconstruction nationale réclamaient des hommes totalement dévoués aux missions qui leur étaient confiées. Que le socle, c'était la famille. Qu'ils devaient être exemplaires ! Sa colère était grande, tant et si bien qu'il leur a fait savoir qu'il ne tolérerait plus jamais qu'aucun civil, fût-il médecin, ne puisse remettre en cause la dignité de l'escadrille par la faiblesse d'une épouse qui aurait fauté.

Hélène écoute, l'estomac noué : ainsi, elles ont été dénoncées. Elle peine à trouver l'air nécessaire et sent son ventre tout entier se contracter. Elle porte sa main à son côté droit et tente de bouger pour une position plus confortable. Elle est bien encombrée maintenant de cette rondeur qui enfle et déborde, qu'elle cache à grand-peine et qui épuise toute sa belle énergie certains jours.

Abélie reprend :

— Mieux vaut faire du prêtre notre allié. La colère du commandant va s'essouffler et il n'en restera plus rien d'ici quelques semaines, mais je me méfie du cercle des épouses et de la garde rapprochée de la commandante, cette péronnelle. Elle va chercher à savoir qui, pour en faire des gorges chaudes. Elle n'a rien d'autre à se mettre sous la dent dans ce trou perdu.

— Et si par malheur cela venait à être découvert..., poursuivit Hélène. Roger et Jean en subiraient les conséquences, c'est certain. Inutile de dire qu'il serait vain d'espérer de nouveau qu'ils soient reçus à leurs examens. Avec l'arrivée de bébé, ce serait un souci que je voudrais lui épargner. Il s'inquiète déjà tellement pour moi.

Le Courneau, jeudi après-midi

Ma chère maman,
Voilà bien longtemps que je ne t'ai donné de mes nouvelles, mais j'ai eu beaucoup de travail ces temps derniers, car je veux finir tout avant l'arrivée du bambin.
Nous avons passé quatre jours à Libourne la semaine dernière, je suis allée voir mon docteur. Il est aussi rassurant que possible. Pas la moindre trace d'albumine, le petit est idéalement placé et si cela continue ça ira très bien. Par exemple j'ai de la congestion des organes et ça s'est compliqué la semaine dernière du prurit de la grossesse. Si ce n'est pas grave, c'est excessivement douloureux et j'ai déjà passé quelques nuits blanches.
Je suis bien contente d'avoir un mari aussi doux quand je souffre, il passe des nuits entières à me bercer et à me câliner quand je ne peux pas dormir. Pauvre grand, tu ne peux pas t'imaginer quelle patience et quelle douceur il a avec moi. Je crois qu'on peut aller loin pour trouver un mari de cette espèce.
Je ne suis pas encore grosse et avec ma robe de charmeuse noire, personne ne veut croire que je suis enceinte, cela me désolait à cause de mon petit, mais le docteur m'a dit qu'il était superbe et qu'il était rare d'en voir d'aussi forts à sept mois et demi. Il m'a fait sentir ses petites épaules, son derrière, ses genoux, ses petits talons. Tu ne peux pas savoir ce que je l'aime déjà de le sentir vivre en moi. Il faut être maman pour savoir ce que représente pour vous ce petit être qui est toute votre chair. On me dirait

maintenant que je n'aurais que cet enfant, je serais désolée. Je lui vois déjà (pour l'avenir) un petit frère ou une petite sœur. Mais nous avons le temps.
Ce qui m'ennuie beaucoup, c'est que je me trouve mal très souvent. La semaine dernière, en allant seule à La Teste, je me suis trouvée mal deux fois dans la rue. Lundi, nouvelle séance à Bordeaux. C'est très ennuyeux. Le toubib m'assure que c'est nerveux et que c'est de l'autosuggestion.
Dimanche soir, nous avons fox-trotté une partie de la nuit, car il y avait grand bal à Libourne. Nous nous sommes bien amusés.
J'ai cousu beaucoup à la machine ces temps derniers, ma femme de ménage m'avait prêté la sienne. J'ai idée que c'est ce qui m'a donné de la congestion. J'ai fait des chemises à Roger, un vêtement en toile cirée, mis des fonds à ses culottes, fait des chemises de nuit et toutes sortes de choses. Tu comprends, je veux que tout soit en ordre pour quand je partirai. Ce sera probablement pour le 9 ou le 10 septembre. Roger a eu quarante jours de permission, je compte plus sur lui que sur la belle-mère pour me soigner et puis le sentir près de moi me donnera du courage, car je n'en ai pas de trop. Ma belle-mère non plus d'ailleurs, elle a plus peur que moi et commence déjà à trembler. Elle ne pense plus qu'à ça et toute la journée on la voit repasser une brassière, ourler une couche, tricoter des petits bas. Elle voudrait tant que ce soit une petite fille, mais j'ai idée que ce sera un fils. Il est trop diable et trop vigoureux.
Et toi et papa, qu'est-ce que vous aimeriez mieux ?
J'ai acheté chez un brocanteur (7 francs 50) un grand moïse en osier que je vais recouvrir avec de la

cretonne, ça fera un très joli berceau, et pas coûteux. J'ai vu en réclame à Paris des baignoires à 20 francs, je vais en faire revenir une, quant à la voiture, je ne m'en occuperai qu'après.
Tu as une bonne idée de faire mettre le chauffage central, j'avais déjà vu des réclames pour des installations semblables avec une simple cuisinière, ça m'avait paru bien pratique.
Je me suis brodé un dessus-de-lit tout en filet avec un transparent bleu clair, c'est très joli, mais c'est beaucoup de travail. Notre petite maison est vraiment gentille, je voudrais bien que tu la connaisses.
Je vais écrire au notaire, car je n'ai pas encore reçu les titres, heureusement que je n'attends pas après.
Je t'écrirai bientôt, car j'ai encore bien des choses à te dire et déjà il se fait tard.
Embrasse bien papa pour moi et garde pour toi, maman chérie, les meilleurs baisers de ta

Nénette

21

— Parrain, parrain ! Voilà parrain ! Tantine, tantine, parrain est arrivé !

Comme il aime entendre ces voix ! Comme il sent la douceur et l'affection dans ce nom de parrain ! C'est là qu'il touche au bonheur sur cette terre.

Aux cris de joie des enfants, la femme sort sur le pas de la maisonnette. La ferme est isolée, une ancienne bergerie, une cour où piaillent quelques volailles, deux vaches et un âne dans un pré et tout autour la pinède. Des pins à perte de vue. Un paysage aux sillons verticaux, strié de lignes enlacées, d'ombres amassées au fût des arbres s'étirant vers le ciel. Le sol est pauvre, la culture difficile. Quand elle voit arriver l'homme, son visage s'éclaire. Elle essuie ses mains au tablier qu'elle ôte et dépose sur le pas-de-porte et s'avance.

Ils sont quatre. Une fillette et trois garçons. Ils ont quatre, peut-être cinq ans et s'agitent, tournent et virent en tous sens tant leur plaisir est grand de le retrouver.

— Allez-vous cesser ? Vous nous donnez le tournis ! s'exclame la femme en riant.

— Laisse-les faire Marthe, dit l'homme en la serrant dans ses bras. Ce sont des enfants. C'est si bon de les voir heureux. Ils sont pleins de vie !

— Regarde-les ! soupire-t-elle. On dirait une portée de chiots. Jacques ! Aimé ! Cessez donc de tourmenter Margot. Aidez plutôt Paul à porter la valise de parrain jusque dans la chambre.

La petite tête brune de Margot court aussitôt se mettre à l'abri dans les jupes de Marthe qui passe sa main sur les cheveux épais, replace les nœuds blancs qui dégagent le visage de poupée d'ébène de la fillette. Elle glisse un doigt le long de sa joue tandis que la gamine lève le nez vers l'homme.

— Parrain, tu me porteras sur tes épaules ? Dis, tu veux bien ?

Les trois garçons de leur côté ont entrepris de soulever la valise. Aimé, le plus fort, celui qui semble l'aîné, tient la poignée tandis que les deux autres se sont emparés des coins opposés. Chacun tente de faire de son mieux. Les fonds de culottes courtes sont rapiécés, les genoux écorchés et les maillots de corps blancs tranchent sur la peau noire des petits costauds.

Les adultes les observent avec plaisir. L'homme prend la main de la femme dans les siennes, il la regarde intensément.

— Tu ne regrettes pas ?

— Regretter ? Comment le pourrais-je ? Ce cadeau que tu m'as fait est si précieux. Rien aujourd'hui ne me rend plus heureuse que ces enfants.

Il sourit, d'un sourire en demi-teinte. Lui, d'habitude si apaisé, semble peu rassuré. Il sait qu'il va devoir briser le cœur de cette femme qu'il aime tant. Il a eu beau prendre la situation par tous les bouts, tenter d'extirper de cette destinée qui avance inexorablement l'espoir d'une autre voie ; il a veillé, prié, à genoux, en marchant, le regard plongé dans l'océan, visage tendu vers l'horizon ; il a cherché, demandé secours et lumière à celui qu'il sert chaque jour ; il n'a entendu qu'Amour. Chaque pensée, chaque parole, chaque acte n'est vrai que s'il est Amour. Le chemin de la vie doit être un chemin d'Amour.

C'est bien l'Amour le cœur du problème aujourd'hui.

Le Courneau, lundi matin

Ma chère maman,
J'ai découvert dans le journal il y a quelques jours cette petite annonce sur le chauffage central. J'ai pensé que cela pouvait t'intéresser. Tu pourrais peut-être demander la notice.
Je t'écris au lit, car maintenant je suis condamnée à faire la grasse matinée sinon les journées sont trop longues pour moi et je ne peux pas m'habituer à faire la sieste comme tout le monde le fait ici. Ça me donne la migraine.
Nous avons pour quelques jours la visite de l'oncle de Puisseguin. Il a dans les soixante-dix-huit ou quatre-vingts ans et tu lui donnerais cinquante-cinq ans. Jamais je n'ai vu quelqu'un d'aussi sobre, il paraît qu'il a toujours été ainsi. Il faut croire que le régime lui réussit. Une tasse de café noir le matin, une assiette de soupe à midi, une autre le soir, voilà le plus clair de son ordinaire. Et moi qui dévore ! Je mange, sans mentir, quatre fois comme avant.
Je vais mieux depuis quelques jours, je ne sais si ça va continuer, mais je te jure que j'ai hâte de déposer mon fardeau. Quel boulet mes enfants !
J'ai une si grande envie de pouvoir galoper comme avant, mais je ne peux plus me hasarder à faire cinquante pas toute seule, il me faut toujours un garde du corps, car je risque d'avoir une faiblesse et de rester sans secours. Cela m'est arrivé à La Teste, je devais faire bien, assise sur le bord d'un trottoir avec le flacon d'éther sous le nez, je n'entendais même pas les gens qui me causaient. J'ai eu une sacrée frousse ce jour-là, je croyais bien que j'allais

mourir dans la rue. Une autre fois dans le train en revenant de Bordeaux. Mais depuis quelques jours, c'est moins fréquent. Aussi, tu devines si j'ai hâte que ce soit fini. Quand j'ai la moindre colique, je me dis : « Si seulement c'était ça ! » Je n'ai plus peur tant je voudrais être débarrassée.

Roger va suivre les cours d'officier à l'École des travaux publics, ce doit être la même que celle de Marc Duluquoy. Ça lui facilitera beaucoup le travail et l'encouragera à piocher, car il n'y a plus de mission. Je lui ai déjà dit pour lui ficher le trac que s'il ne réussissait pas son examen...

22

Dans la chambre, marcher nue sur le plancher, regarder son ombre délicate se dessiner sur les rideaux. Consentir au regard, éprouver la caresse des doigts sur l'épaule et d'un baiser à la naissance du cou. Impudique. Se dresser sur la pointe des pieds dans une inspiration. Succomber à l'onde d'une brûlure légère qui s'étend. Adagio tendre de la découverte d'une peau mêlée à un souffle. Se livrer. Ne maîtriser ni le frisson ni l'abandon. Renoncer à soi et se laisser aller jusqu'à l'enivrement. Sentir la douceur, aimer la force. Offrir. Recevoir. Tempo accordé aux pulsations de deux cœurs synchrones jusqu'à la syncope. Essoufflement d'une presque-mort et, dans une conscience évaporée, revenir doucement à la vie.

Les choses sont bien faites, tout de même, pense Hélène. Comment ne pas désirer ardemment que tout recommence ? Tant d'intensité. Si ça n'était que conception, y aurait-il encore des enfants ? Car à y bien réfléchir, ce ventre tendu, pousse son nombril telle la proue d'un navire prêt à chavirer à la moindre vague. La frustration d'une entrave consentie pour réponse à l'envie de courir dans le sable de la dune et nager dans l'océan. Quelle affaire, devenir mère quand on est tout juste femme !

Sa venue au monde n'est-elle qu'une bagatelle ? Naître d'un instant de plaisir partagé, fût-il illégitime, est une perspective toujours plus agréable que de résulter de la dérive sordide du commerce de chair, ou pire encore. Qu'est-il de plus angoissant que de trouver sa genèse dans la violence, la profanation ? Ces horreurs qu'elle n'a pu empêcher son esprit d'entrevoir. À force de chercher, elle s'expose au risque de découvrir une vérité éloignée de ses espérances. Car ne pas connaître ses origines, c'est s'ouvrir à tous les possibles, les plus difficiles, mais aussi les meilleurs. Veut-elle vraiment savoir ? Même à cette question, elle n'est pas sûre d'avoir une réponse. Elle, qui aurait remué terre et ciel il y a à peine quelques semaines, n'est plus certaine de rien. Devenir mère, c'est tourner la page, récrire l'histoire d'une encre nouvelle, celle de la filiation. Ce bébé qui est pris en elle, qui vit en elle, qui va naître de son ventre, il sera sa rédemption. Elle l'aime d'un amour tout neuf et encore inconnu. Elle a hâte maintenant de le tenir dans ses bras.

Roger est parti pour la base. « Une affaire urgente avant de partir en permission. » Hélène n'a pas cherché plus loin. Il vole peu, les missions se font rares en ce moment. Cela l'affecte particulièrement et il semble soucieux ces derniers temps. Même s'il tente de le lui cacher, elle le sait, elle le sent. Un imperceptible changement de ton dans sa voix lorsqu'il parle de son Bréguet. La lassitude qui se fait lenteur dès qu'il se lève le matin. Une immobilité qui scrute le ciel au moindre bruit de moteur. Son concours qu'il prépare avec acharnement, peut-être ? L'odeur des pins exacerbée par la touffeur de l'après-midi envahit la maison aux volets clos. Fraîcheur conservée par les murs de briques. Hélène pose son stylo-plume et fait signe de la main à Abélie qui arrive dans l'allée. Elle terminera sa lettre plus tard. Elle qui ne bouge plus du Courneau tant elle redoute d'être prise de malaise est si heureuse de voir son amie. Ce dimanche n'en finit pas. L'horizon est figé dans un gris d'ardoise que même les oiseaux n'osent plus troubler. Les troncs craquent et claquent, immobiles, impuissants sous les bouffées de vent brûlant. L'orage menace, étire les odeurs de sève et d'humus. Tout appelle la fraîcheur réparatrice de la pluie venue de l'océan, mais le ciel reste stérile. Abélie entre sans autre formalité. C'est jour de congé pour Anna qui l'a demandé, ayant « une affaire d'importance à régler ». Le battant de la porte du salon s'efface pour laisser entrer Abélie. Hélène s'est trouvée mal dans la semaine en allant à Arcachon passer la journée, il est mieux qu'elle ne soit pas seule, a dit Roger.

— Ne bouge pas ma chérie, je dépose mon bibi et je viens t'embrasser.

Hélène l'observe, amusée. Comment fait-elle pour supporter un chapeau et des lunettes de conduite ?

— Comme le temps est lourd dehors ! Tu as bien raison de garder tes contrevents mi-clos. Je ne m'habituerai jamais à cette chaleur qui pousse les autochtones à l'indolence. Me croiras-tu, il n'y avait pas âme qui vive dans les rues de Cazaux. Même notre bon curé n'y était pas.

— Que voulais-tu encore au curé ? Tu ne penses pas qu'il vaudrait mieux nous faire plus discrètes ? N'as-tu pas senti comme il était mal à l'aise après notre conversation ? Je n'arrive pas à me défaire de cette étrange sensation de menace. Tu n'as pas trouvé ?

— Je suis de ton avis et c'est bien parce que j'y ai repensé depuis que je souhaite le voir. Je crois qu'il nous cache quelque chose. Je veux qu'il nous dise tout ce qu'il sait sur Anna, sa famille, et même son enfant. As-tu remarqué comme il a paru surpris de croiser Anna ici ? Il a coupé court à la discussion avant de repartir comme il était venu. Je suis persuadée qu'il a la réponse à nos questions.

— J'ai le sentiment d'être à la recherche de quelque chose d'introuvable. L'impossible équation. Le curé, Anna, Yao, leur enfant, le bureau des abandons… Je ne suis pas loin de penser que le destin s'est écrit tel qu'il devait l'être et que nous risquons de faire plus de mal que de bien. Je suis lasse de tout.

Bonne humeur fermée pour cause de tempête intérieure. Les jours précédents l'ont fragilisée. Atteinte d'une incompréhensible nostalgie, aux dernières heures de sa grossesse, elle se bat contre une infernale prémonition. Et si elle n'y arrivait pas ? Si donner la vie était trop difficile pour elle ? Sa mère naturelle morte en couches ? Par sa faute ? Est-ce là le grand secret de sa naissance ? Ne pas savoir est finalement pire que tout et laisse la porte grande ouverte aux fantasmes les plus sordides. Elle perd pied peu à peu. Elle va être mère et c'est enfant qu'elle voudrait redevenir. Elle aspire à l'insouciance. Le déséquilibre s'immisce, sans bruit, une angoisse mentale sans cri, une petite agonie qu'elle ne peut avouer à son amie. Elle n'ira pas au bout de la recherche de cet enfant perdu, elle renonce. C'est trop dur pour elle.

— Je n'y arriverai pas Abélie. C'est inutile. À quoi bon chercher ? Cette histoire nous dépasse. Je suis exténuée.

— Si tu n'en as plus la force, je peux le faire, moi. Mais tu ne me dis pas tout, n'est-ce pas ? Pourquoi toute cette tristesse dans ta voix ?

Hélène pose les mains sur son ventre.

— J'ai peur Abélie. Peur de ne pas savoir aimer ce petit que je porte.

— Oh, Hélène… mais tu vas être une merveilleuse maman.

— Et si je n'y arrivais pas ? Je sais que ma tête me commandera de l'aimer, mais si mon cœur ne suit pas ? On n'a pas un enfant dans la souffrance. L'histoire d'Anna, j'y pense sans arrêt. Je la sens m'envahir, ça m'effraie.

— Ne t'en préoccupe plus. Je vais parler au curé et je te promets de rester discrète. Si rien de nouveau ne se fait jour de ce côté-là, alors je laisserai tomber.

Anna a suivi le chemin le long du canal, sa décision est prise. La déraison l'emportera de nouveau si elle n'agit pas. Elle a peur. Peur d'oublier, condamnée à vivre un présent insipide, fade, sans passé et donc sans avenir. Combien de temps encore devant elle ? La vie, on sait quand elle débute, on ne sait jamais quand viendra la fin. Son petit a cinq ans. Déjà cinq années perdues. Elle l'imagine chaque jour. Les traits de son père. Adoucis, délavés dans l'eau du canal. Yao. Où peut-il être ? Depuis longtemps, elle s'est résignée à l'idée que la mort l'avait fauché entre deux tranchées, quelque part là-haut. Dans l'Essonne. Sans doute. Elle n'a plus qu'Aimé. Le souvenir à vif. Elle a ressassé cette matinée, chaque jour. Elle a rebâti chaque moment de peur que le temps n'érode sa mémoire. « Faudra plus jamais en parler. Fais le ménage dans tout ça », avait dit sa mère. Elle allait le faire, le ménage. Oh que oui ! « La vie est simple, ce que tu peux faire, tu le fais, ce que tu ne peux pas, tu ne le fais pas, se répétait-elle souvent. Mais ce que l'on t'interdit, tu peux toujours choisir ou non de le faire. »

Arrivée au hangar de pêche, elle ralentit le pas en s'enfonçant dans le sable sec que parsèment des aiguilles de pin craquantes, sa détermination la porte, elle force l'allure. Anna n'a aucune hésitation. Les poings sur les hanches, bien décidée à obtenir ce qu'elle cherche. Face à sa mère, elle mâche sa rage, fouille le dernier cri d'Aimé. Elle se souvient. Un cisaillement aigu, puis le silence. Le pire, c'est ce silence qui suit, car rien ne se passe. Les pleurs, personne ne les entend plus. Pourtant l'enfant a crié. Non. Elle ne sait plus. Rien ne bouge. Le secret fait tout disparaître. Est-ce qu'on l'effacera, elle aussi ? Peut-être était-ce la porte sur ses gonds ? Un oiseau dans la pinède ? Pas une voix. Non, ce ne pouvait être humain. Elle en vient à douter de la réalité de cette vie donnée. Alors pour être certaine que personne ne pourrait, un jour, lui dire : « Tu as rêvé ! », elle a gardé sans le laver son habit souillé de sang. Celui avec lequel elle a essuyé son tout-petit juste né de sa chair. Cette chemise qu'elle tient serrée au creux de sa main. Sa preuve. Son courage. Se moquant du qu'en-dira-t-on, elle toise sa mère, assise sur une chaise basse, affairée à ravauder un filet avec deux autres femmes de pêcheurs. Elle brandit le linge maculé de sang séché, détache calmement chaque mot.

— Où est mon bébé ? Qu'en as-tu fait ? Dis-le-moi !

Un silence s'abat sur le petit groupe. La mère garde la tête baissée. Elle ne bouge pas. Anna élève la voix. Cette fois-ci, elle appuie chaque parole. Force et détermination.

— Je veux qu'on me rende mon enfant ! Voilà cinq ans que de fille, il n'est plus question. Je ne suis plus ta fille. Je suis sa mère.

Les compagnes de travail ont détaché les filets tendus au bout des sabots et arrêté le remaillage. Prenant appui sur leurs mains, elles commencent à se redresser.

— Tu me l'as enlevé. J'ai cru que la folie me tenait, que la vie me quittait, que mon cœur cessait de battre, mais c'est toi qui es morte dans mon cœur. C'est toi qui n'as pas de cœur.

À ce moment-là, toutes se tournent vers le fond du hangar. Le père est là, qui regarde sa fille. Puis sa femme. Dans son regard délavé que plus rien n'anime depuis son retour de la guerre se révèle alors une étincelle qu'assombrissent aussitôt ses sourcils. Anna n'a pas peur, comme quand elle était enfant et qu'elle voulait se soustraire à son autorité. Il suffisait, d'un pas de côté, de le faire disparaître derrière un arbre.

— As-tu pu le noyer dans le lac ? L'as-tu fait ? L'as-tu tué ? Où est-il ? implore Anna une dernière fois.

L'espace s'est vidé. Plus rien ne bouge, le ciel épaissi par un soleil de plomb jette une ombre lourde sur les visages.

— Qu'as-tu fait Camille ? demande le père.

Immobile, elle serre les mailles du filet à s'en ouvrir les doigts.

— J'ai fait ce qu'il fallait faire. Il n'y a pas de place chez nous pour les filles mères ni pour les bâtards. Encore moins pour les Nègres.

Le père s'avance, lui prend les épaules et la contraint à se redresser.

— Je vais te le demander une fois, une seule fois. Où est l'enfant ?

Camille reste immobile, le visage fermé tout comme ses poings. Les bras crispés sur sa colère. L'homme lève la main et lui assène une gifle qui la jette genoux à terre.

Les mégères qui l'accompagnaient ont disparu avant la fin de la scène. Seuls se font face Anna, son père et Camille.

— J'ai réchappé à cette saloperie de guerre, c'est pas pour rentrer et apprendre que ma femme est une meurtrière. Pire que les Boches. Eux au moins, jamais ils n'ont touché un gosse !

— J'lai pas tué.

Camille relève la tête.

— Le curé l'a baptisé et j'l'ai juste déposé à l'hospice des enfants abandonnés. Ils ont dû le placer, si tant est que quelqu'un a pu vouloir de lui, marmonna-t-elle.

Le Courneau, dimanche après-midi

Ma chère maman
Tu me pardonneras de ne pas t'avoir envoyé plus tôt le coussin que je t'avais promis, mais il nous faut aller à La Teste pour faire les expéditions et pour moi, ce n'est pas un petit travail. D'ailleurs, le jour où nous l'avons porté, nous avons passé la journée à Arcachon. J'ai trouvé moyen de m'y trouver mal en pleine rue. Ce n'est pas drôle, je t'assure. Aussi, je redoute le voyage de Libourne. Nous partons demain matin à 6 heures et demie, le voyage est assez court puisque nous sommes à Libourne à 9 h 20 et pas besoin de changer de gare à Bordeaux, mais c'est l'appréhension qui me rend malade et puis j'ai l'habitude de déjeuner tranquillement au lit, de me lever à 9 ou 10 heures, de n'avoir qu'à aller me mettre sous la douche bien chaude et ensuite d'attendre pacifiquement dans ma chaise longue l'heure du déjeuner. Aussi, ce n'est pas une petite affaire que de me lever demain à 5 heures.
Voilà plusieurs jours que nous avons des orages terribles, aussi, bébé est insupportable et je souffre beaucoup du ventre et des jambes. Mais chaque fois que j'ai des douleurs, je suis si contente en espérant que c'est enfin ma délivrance que je ne pense qu'à rire. Je ne sais pas si je le prendrai si gaiement quand ce sera pour de bon. Tu sais, j'y vais avec la belle ardeur du guerrier qui n'a jamais vu de bataille. J'ai tellement hâte d'avoir mon petit.
J'ai décidé, si c'est un garçon comme je l'espère de tout mon cœur, ce sera Jacques Alexandre, si c'est une fille, Jacqueline Hélène.

Toute la layette est finie. Si tu voyais ces chefs-d'œuvre. Roger ne se lasse pas d'admirer ces adorables béguins de tulle plissé orné de ruban, ces petites robes de linon et d'organdi, les premières culottes grandes comme la main, les petits chaussons. Tous mes vieux bouts de dentelle y sont passés. Avec ma jupe de serge blanche, j'ai fait une très jolie douillette garnie de grille d'Irlande, avec mon peignoir de bain, des carrés pour mettre entre les couches et les langes pour éviter les catastrophes. Il ne manque rien, ni les petits draps de dessus ornés de dentelle, ni les taies d'oreiller assorties et les bavoirs !... J'en ai une collection d'une douzaine qui ne sont que broderies et dentelles. Tu crois que ma poupée ne sera pas jolie avec ça ?
Le grand plaisir, c'est que ça ne m'a coûté pour ainsi dire rien puisque j'ai tout fait moi-même. J'ai assez d'argent à dépenser sans ça à payer docteur, sage-femme, voiture, etc. À partir du 1er septembre, la solde de Roger est augmentée de 140 francs par mois, c'est intéressant. Il gagne plus maintenant qu'un lieutenant d'infanterie. Ne te fais pas de mauvais sang pour quand nous serons à Versailles, il gagnera juste autant qu'ici.
En rentrant, je vais changer de domestique. La mienne a augmenté et prend 15 sous de l'heure. En revenant, j'aurai la fille du chef de gare d'ici, elle a seize ans et connaît bien mieux le travail d'intérieur que Madeleine qui a toujours été résinière.
Vergnol est vraiment un voleur. J'accepte bien volontiers les grandes photos que tu m'offres. Je les ferai encadrer et les mettrai dans ma chambre. Mais si tu as l'occasion d'en faire faire même des

petites, de maintenant, je serais si heureuse de vous avoir tous les deux.
Je t'écrirai de Libourne dès que j'aurai vu le docteur pour te dire ce qu'il m'aura dit. Roger vous enverra un télégramme dès que bébé sera là. J'ai idée que ça ne tardera pas.
En attendant de tes bonnes nouvelles, je t'envoie ainsi qu'à papa mes meilleurs baisers.

Hélène

23

Soufflant une tempête de sable sous un ciel d'ardoise, la voiture file du Courneau à Cazaux. Une route sans fin traverse la pinède, qu'elle peut parcourir les yeux fermés. Elle accélère encore. Pressée par le temps qui s'effiloche et lui échappe, Abélie suit son intuition première. Ce bruissement intérieur, ces bouleversements n'ont d'autre objet que de la mener vers le curé. Elle n'a de liberté que de s'engager dans cette voie. Comme coule la sève des pins incisés, comme le malheur qui saigne entre ses jambes et entaille son cœur. Elle laisse être ce qui est. S'y opposer ? Comme vouloir changer l'été en hiver. Stérile. Elle ne vit que l'instant présent, cet éclair qui ne dure pas, mais emplit l'éternité, existe à jamais. Elle accepte toutes les turbulences, tous les élans. La douleur comme la tristesse qui viennent la bousculer. L'amour, la prière, la douceur de l'air chaud sur son visage qui emporte ses pensées et assèche ses larmes. Elle inspire intensément en se garant sous les platanes de la place devant l'église. Le vent se lève. La bourrasque souffle un mécontentement qui augure l'orage. Elle scrute le ciel, redouté autant qu'attendu, il avance en rouleaux sombres telle une vague puissante, précédée de l'affolement de la nature. L'excitation gagne qui sent la menace. Au-devant de la petite porte latérale de l'église, elle aperçoit quelques paroissiens qui se séparent. Fuyant la tourmente qui s'annonce, ils se hâtent de regagner leurs foyers. Du groupe se détache un couple, indécis. Anna et le père restent un moment sur le seuil. Les premières gouttes s'abattent sur le parvis. Dans l'odeur de la terre retrouvant l'eau, Abélie observe à distance. Peut-elle poursuivre ? Tant de larmes, tant de douleur. Toute cette résonance, cette compassion. Le père, Anna. Seuls au monde, abandonnés. Elle hésite. Ne va-t-elle pas briser quelque chose en allant plus loin ? Comment peut-elle expliquer ce que si peu comprennent ? Quelle dignité dans la tenue de la toute jeune femme qui porte le regard au loin, attendant la fin de l'averse !

Hélène qu'elle vient de quitter, après l'avoir aidée à préparer ses malles pour aller s'installer chez sa belle-mère le temps de ses couches. Hélène avec ses manies, comme tout compter, ses habitudes d'enfant gâtée et ses éblouissements émotionnels. Capable de lire à travers les gens, de chercher dans chaque personne comment la rendre meilleure. Hélène et ses atermoiements, submergée par le chaos du ruisseau, oubliant le mouvement délicat de chaque caillou pour ne voir que l'agitation de l'eau. Hélène a peut-être raison. Le savoir, et néanmoins aller plus loin. Folie ? Que serait le monde sans la folie compassionnelle des femmes ? Étreindre le divin en toute chose, tout lieu. Le sens du sacré ancré dans le don de vie. Connaître cette sensation d'appartenir à plus grand que soi et détenir la force absolue au cœur de l'humanité. Enfanter. Faire de chaque arbre, chaque forêt, une prière, une église. Voir chaque grain de sable, chaque pierre, chaque écueil comme ce qui montre le chemin et non ce qui l'empêche. Surpasser les difficultés sans craindre la désapprobation puisque la cause est juste, se dit Abélie.

La place est déserte maintenant. Elle se dirige vers le presbytère. La lourde porte de bois résonne sous le marteau en forme de poisson que surmonte une croix. Le bedeau vient lui ouvrir.

— Monsieur le curé n'est pas à la cure, Madame.

Abélie est contrariée autant que surprise.

— Si l'affaire est urgente, on peut aller le chercher. Il est parti pour deux jours chez sa sœur, à la ferme Cazalviel. C'est sur la route du bois de Caudos.

— Non, cela peut attendre. Je le verrai à son retour, merci.

Libourne, dimanche

Ma chère maman,
J'ai été bien contente de recevoir de tes nouvelles, je les attends avec plus d'impatience encore en ce moment. J'ai vu mon docteur et ma sage-femme et... on attend de jour en jour l'arrivée de bébé. D'après eux, tout est pour le mieux, bébé se porte magnifiquement, il est même trop fort pour moi, car j'ai le cœur très fatigué et tellement refoulé vers le haut que cela me gêne beaucoup. Toutes les précautions sont prises, si jamais l'accouchement était un tant soit peu long on mettrait les forceps, car mon cœur ne résisterait pas à de longues souffrances.
Ma sage-femme est très gentille, jeune et très moderne. Elle est d'une hygiène scrupuleuse, tu ne peux pas t'imaginer les soins et les préparatifs qu'elle fait prendre. Tout est stérilisé, jusqu'aux bouteilles où on garde l'eau bouillie. Il y a une cousine de Roger de Puisseguin qui attendait aussi un bébé pour le 15, mais elle est mal constituée quoique paraissant très belle femme. L'an dernier, elle a déjà eu une petite fille qui pesait onze livres en arrivant. On a été obligé de la lui arracher par morceaux. Cette fois on pensait lui faire l'opération césarienne, mais elle s'en est sortie à meilleur compte. Elle est venue ici à la maternité et on a fait avancer l'accouchement de quinze jours. On a fait la dilatation par les ballons et l'accouchement aux fers. La petite ne pesait que neuf livres c'est ce qui a permis de la sauver, mais tu parles d'une opération ! Son accouchement lui revient à près de 2 000 francs.

J'ai arrangé mon moïse avec du voile bleu pâle, tous les volants et petit édredon piqué de petites roses pareilles. C'est un vrai bijou, tout le monde tombe en admiration devant. Dieu ! Qu'il me tarde d'y voir dormir mon petiot !
Est-ce que papa trouve des champignons ? Ici la saison des cèpes commence. C'est le vrai pays, à midi, je me suis régalée d'une plâtrée de cèpes à la bordelaise, c'était exquis.
Je ne vois plus grand-chose à te dire pour aujourd'hui. En attendant avec impatience de tes bonnes nouvelles, je t'envoie ainsi qu'à papa mes meilleurs baisers.

Hélène

Libourne, mercredi

Ma chère maman,
Encore rien de nouveau. Ça devient long quand on attend. Je me porte très bien en ce moment et je mange... tu en serais effrayée. Il est vrai que ma belle-mère me gâte et me fait des tas de petits plats que j'aime. La maison qu'elle a achetée va être libre le 20 de ce mois, aussi, dès que je serai relevée de mes couches, elle fera faire les réparations et s'installera dans sa nouvelle maison. Celle où nous habitons est immense, ma chambre est aussi grande qu'à Soissons le salon, la salle à manger, la chambre et l'office réunis, avec deux grandes fenêtres d'où je vois à trente mètres le confluent de la Dordogne et de l'Isle. Aussi, j'ai le bon air, je vois arriver les grands bateaux avec la marée. Je m'y plais bien.
Papa trouve-t-il des champignons ? Ici c'est la pleine saison des cèpes qui commence. Si je suis encore debout au prochain marché, je lui en enverrai. Ici on les mange frits à l'huile avec un hachis d'ail et de persil. De l'ail, ils en fourrent partout.
Roger profite de ses vacances pour étudier, je ne sais si ça continuera, mais il y met un acharnement ! Il ne démarre plus de son bureau.
Moi, je bibelote, comme la layette est finie je me brode un amour de chemise de nuit en batiste de fil, tout le monde la trouve superbe. Roger, lui, sourit en la voyant, car il est convenu que c'est ma chemise de remariage. Ce sera bon signe quand je la mettrai. Bébé aura déjà près de quarante jours. J'avais écrit à Ghislaine de me garder précieusement mon petit lit de fer, mais depuis elle ne m'a

jamais récrit. Je me demande si par hasard elle ne l'aurait pas vendu. C'est pourtant à moi qu'il appartenait. Je lui disais aussi de me donner des renseignements pour l'exhumation de mémé, car je vais lui acheter un terrain à perpétuité avant l'expiration du terrain où elle est, mais elle n'a pas jugé à propos de répondre. Au printemps je lui avais envoyé de l'argent pour s'acheter du linge et au mois de juillet je lui en ai encore envoyé pour acheter des fleurs à mémé. Elle ne m'a jamais écrit depuis, je me demande ce qui a pu la fâcher.
J'espère que vous allez bien tous les deux et que je recevrai bientôt une longue lettre.
Ce n'est pas très utile que tu m'envoies les chemises dont tu me parles, car cet été je me suis fait beaucoup de linge, je ne manque de rien.
En espérant t'annoncer bientôt que tu es grand-maman, je t'envoie, à partager avec papa, mes plus affectueux baisers.

Nénette

Libourne, le 20 septembre 1922

Ma chère maman,
Je suis désolée de n'avoir encore rien de nouveau à t'annoncer. Le temps me semble bien long. La sage-femme m'a ordonné de grandes promenades et de grands bains chauds. Dimanche après-midi, nous avons fait une course de huit kilomètres. Tu vois que je suis encore bien valide, je mange comme un ogre, je dors mes nuits complètes sans me réveiller. Cela peut durer encore longtemps, je crois.
J'avais envoyé des champignons à papa avant de recevoir ta lettre. J'espère qu'ils sont arrivés en bon état. Je les avais choisis exprès tout petits, car il s'en vient de larges comme des assiettes.
J'avais écrit à maître Jouy comme je te l'avais dit il y a un mois, six semaines. Il m'a répondu il y a quelques jours qu'il espérait m'envoyer mon contrat et mes titres dans la seconde quinzaine de septembre. Quand je toucherai mes coupons, j'aurai de l'argent à placer. Que faut-il que j'achète ?
J'espère que mon accouchement se passera bien et que je n'aurai pas besoin du docteur, car il prend 500 francs par accouchement et ça me ferait bien mal au cœur de lui donner 500 francs. Les sages-femmes ici prennent déjà 200 francs, je trouve que c'est bien honnête. Je regrette maintenant de ne pas avoir fait mes études de sage-femme au lieu de chimiste. Ça rapporte plus et ça ne doit pas être bien malin, et puis on trouve de la clientèle partout où on passe.
Il me tarde bien de voir mon loupiot. Quel plus beau joujou rêver ? Il est vrai que toutes les nuits j'en rêve. Je me vois le promener, le déshabiller, l'ha-

biller. Et Roger est comme moi, nous sommes deux grands fous quand il s'agit de notre mioche.
As-tu vendu ton calorifère vert ? Car je te l'achèterais peut-être s'il pouvait brûler du bois. Neufs, ils valent, émaillés et nickelés, dans les 2 à 300 francs. Nous avons du bois à brûler tant que nous voulons, des pins entiers, aussi, j'achèterai un poêle à bois, car pour bébé, il me faudra du feu dans la salle à manger, car s'il ne fait pas froid, il fait très humide. Ce n'est pas pour rien que les bergers landais sont montés sur des échasses, on vit dans l'eau.
Embrasse bien papa pour moi et garde les meilleurs baisers de ta

Nénette

24

Des heures à déambuler, dans le couloir cette nuit. Hélène a perdu la notion du temps, seules les vagues successives de douleur rythment le silence.

Roger la regarde, inquiet. Mettre au monde un enfant est une affaire de femmes. Sa mère lui a dit de retourner se coucher, ce qui était à venir était bien assez éprouvant et on saurait faire appel à lui quand le besoin s'en ferait sentir. Mais rien n'y fait. Il doit rester auprès d'Hélène, dévoré par cette quête d'un mystère qui lui appartient aussi. Il est attentif au moindre souffle de son épouse. Elle marche, marche encore. S'appuie, les deux mains au dossier d'une chaise, le front perlant de sueur. Il s'approche, un geste l'arrête. Inutile.

— Laisse-moi Roger.

— Mais… que puis-je faire ?

— Rien, répond-elle dans une inspiration grimaçante. Rien. La nature fait son œuvre. Une chose après l'autre, m'a dit la sage-femme. Notre bébé sera bientôt là.

Roger tente de cacher son angoisse. Hélène est centrée sur les sensations d'un corps qui entame une épreuve de force. Ils ont aussi peur l'un que l'autre, mais ne le savent pas.

Alors elle reprend son lent voyage initiatique, répond à ce besoin, héritage ancestral, naturel. Comme des générations de femmes avant elle pour aider à l'enfantement et en accepter les souffrances, bouger est son seul désir en ce moment. Elle a hâte que cela soit fini, elle fait siennes les étapes de sa délivrance telles qu'on les lui a livrées. Prendre le temps de l'unicité, effacer la douleur par le vertige d'une vie qui arrive. Hélène ferme les yeux, pense à sa mère, Juliette. Jamais elle n'a été aussi près d'elle.

Déjà dix heures de travail.

Elle est forte. Plus qu'elle ne l'aurait cru.

Les persiennes sont tirées sur le soleil qui inonde le ciel. Fenêtres ouvertes, le voilage ondule sur une note de jasmin qui monte du jardin. Hélène, étendue sur le lit, se crispe à chaque nouvelle contraction.

Plus de gémissements que de cris accueillent ce qui doit être. Intensité de l'appel de la vie. Ce corps-à-corps de l'enfant avec la mère lave dans une épreuve extrême la rage douloureuse des origines. Hélène s'abandonne au bonheur d'être vivante, dans la jouissance, la peur, l'enthousiasme, l'angoisse.

Être. Hurler. Chanter. Danser. Transcender. Aboutir. Pleurer.

Appartenir au monde et prendre sa place dans le cycle de l'humanité.

Autour d'elle, on s'affaire. Assurer son confort, avec attention et disponibilité. Tenter de calmer la douleur, atténuer la tourmente. L'enfant se présente par le siège. Roger blêmit. La sage-femme lui demande de faire prévenir le médecin. Il ne montre pas sa crainte en laissant passer la petite bonne dans le couloir avec une bassine emplie de linges rouge sang. Il n'a d'autre désir que voir Hélène. Ne serait-ce qu'un instant lui tenir la main, lui dire son amour fou, lui murmurer qu'il est là, qu'il attend juste à côté que le cadeau merveilleux qu'elle lui fait les réunisse.

La respiration est tendue. Les phalanges blanchies, serrées sur le drap. Hélène n'aurait jamais imaginé qu'on puisse autant souffrir. Ni désirer souffrir. Une présence au monde, mystérieuse et violente, charge d'imprécations sourdes le moment de la délivrance.

Un cri. Merveilleuse douleur !

Irrépressible souffle d'amour absolu. Air nouveau à l'aube du premier jour de l'humanité qui réapprend à respirer. Intense lumière, besoin immédiat de voir, sentir, toucher. Prendre et faire corps, devenir mère.

Le monde naît avec l'enfant, avant, rien n'existe. Interpeller le mystère divin, c'est donc ça, donner la vie. S'offrir à la création, accepter au-delà de soi.

Aimer.

TÉLÉGRAMME

26/09/22
À Mouton 12 Guise Soissons
Hélène heureusement accouchée fille Jacqueline Duménieu

25

Il se souvient très bien lorsque Camille est venue à lui en cet après-midi-là. Elle portait dans les bras un paquet. Il n'a pas tout de suite compris que c'était un nouveau-né de quelques heures à peine qu'elle lui présentait. Il y avait dans son attitude une telle indifférence. Plus qu'un mépris, une aversion. Elle lui a tendu l'enfant.

— Baptisez-le, a-t-elle dit froidement.

— Qui est cet enfant ?

Elle n'avait pas répondu.

— Camille, vous devez m'en dire plus. De qui est cet enfant ? Comment s'appelle-t-il ?

— Il n'est pas d'ici et un long voyage l'attend. Baptisez-le Jean si vous voulez qu'il ait un nom. C'est votre devoir Monsieur le curé.

— Même s'il est baptisé Jean, quel est le nom choisi par sa mère, que je puisse le porter dans mes prières ?

Camille, excédée, avait répondu sèchement, en levant les yeux au ciel.

— Aimé. Sa mère l'appelle Aimé. Maintenant, faites vite !

Alors il l'avait baptisé. Lui, le simple curé, il avait sauvé l'âme de cet enfant. Sans poser plus de questions, sans oser affronter la femme qui se tenait devant lui. C'était la première fois qu'il se trouvait dans une pareille situation. Il avait enregistré Jean et gardé dans son cœur Aimé pour le confier au Seigneur.

— Qu'allez-vous faire de lui ? s'était-il inquiété.

— Le remettre à qui saura s'en occuper, là où est sa place.

Une paroissienne était entrée dans l'église à ce moment-là. Camille avait lancé au prêtre un regard d'une noirceur telle qu'il avait compris qu'il devait se taire, puis elle était repartie, le pas vif, l'enfant caché sous un linge au fond d'un panier.

La nuit qui suivi fut une de ces nuits sans fin, où l'âme cherche le Sauveur, implore pitié et pardon. Où l'esprit œuvre à trouver l'expiation qui ramènera la paix. Au cœur des ténèbres, sa nuit fut blanche. Il accueillit le petit matin sans force, anéanti de ne savoir ce qu'il était advenu de l'enfant. Il s'apprêtait à aller jusque chez Camille lorsque le maire avait frappé à la porte du presbytère. Voyant dans sa main le télégramme froissé, il avait compris que la journée s'annonçait plus noire encore que la nuit.

J'ai l'honneur de vous prier de vouloir bien, avec tous les ménagements nécessaires en la circonstance, prévenir Madame Marthe Doriange, épouse Cazalviel, de la mort du soldat Pierre Cazalviel, matricule 1826 du 28e Rgt d'inf., tombé au champ d'honneur le 15 juin 1916 sur les pentes du Mort-Homme à Verdun (Meuse).
MORT POUR LA FRANCE
Je vous serais très obligé de présenter à la famille les condoléances de Monsieur le ministre de la Guerre.

De toutes les morts de la Grande Guerre, celle-ci resterait la plus difficile à annoncer. Pierre Cazalviel était l'époux de sa sœur Marthe. Il faudrait la ménager, car Pierre, mobilisé dès les premiers mois de la guerre, avait quitté Marthe alors enceinte de cinq mois et le malheur avait frappé une première fois. L'enfant était mort-né et avait laissé Marthe exsangue après une hémorragie qui avait fait dire au docteur qu'une nouvelle grossesse la tuerait.

Le fardeau était si lourd à porter ce matin-là. La pinède était épaisse, semblait infranchissable. C'était pourtant là qu'il devait se trouver, il en était de sa charge. D'homme de Dieu, de frère.

Marthe était à l'étendoir, sa corbeille d'osier sous le bras, lorsqu'elle les entendit arriver. Elle marqua un temps d'arrêt. Comprit de quoi il s'agissait en voyant le cortège funèbre. De son visage empreint de douleur, elle l'implorait. Sa tête allait de gauche à droite, refusant avant même qu'elle soit annoncée l'inexorable nouvelle. Lâchant son panier, elle glissa sur ses genoux.

— Non ! NON ! Pourquoi ?... Pourquoi ? hoquetait-elle. Pierre ! Je ne veux pas ! Je ne veux pas !

Il l'entoura de ses bras, tenta de contenir sa souffrance. Mais comment l'aurait-il pu ? Alors il l'accueillit, accepta la rage puis laissa se répandre la détresse avant que ne reste que la tristesse, la peine sobre et digne qui transfigurait Marthe. Elle se releva, brossa son tablier du revers de la main. Son regard s'était vidé, elle parcourut, chancelante, les quelques mètres qui la séparaient de la ferme et rentra. Résignée. Malheureuse. Mutilée.

Le curé fit signe au maire qu'il demeurerait un moment et que sa présence n'était plus nécessaire. Ce qui devait être fait était fait. Il suivit Marthe dans la maison.

Sur le chemin du retour, une idée s'imposa à lui. Une fulgurance de l'esprit. Pas une décision mûrement réfléchie, pas un choix, mais une évidence. Il gagna La Teste et prit le train pour Bordeaux.

Lorsqu'il revint le lendemain matin, il portait dans un panier le plus incroyable des cadeaux qu'il puisse faire à sa sœur.

Il frappa au carreau de la porte. Marthe ne vint pas lui ouvrir. Il entra donc et déposa son bagage sur la table de la cuisine, son sac sur la chaise. Il appela. Aucun mouvement ne se fit. C'est à ce moment-là qu'un cri aigu retentit. Cela aurait pu être un miaulement de chat, mais à y prêter attention, c'était bien les pleurs d'un nourrisson qui emplissaient la petite maison. Ce cri, il l'entend encore parfois aujourd'hui. Il convoquait tout le souffle du monde, il apportait intensément la vie. Marthe apparut aussitôt, telle une louve à l'instinct décuplé par le chagrin, elle releva le drap qui couvrait le panier et ce qu'elle vit renversa son cœur. Le nourrisson n'avait pas plus de quelques jours, il semblait vigoureux et en bonne santé. Des bébés hurlants il n'avait pas la couleur cramoisie, presque violacée, mais une jolie teinte caramel, un trait de miel sur le linge blanc. Elle regarda son frère, incrédule.

— Il s'appelle Aimé, lui dit-il, et il a besoin qu'on prenne soin de lui.

Au bureau de l'assistance à Bordeaux, il ne lui avait pas été difficile de faire valoir la charge de son ministère et la connaissance de la famille pour récupérer l'enfant. De toutes les façons, ces métis, aucune nourrice n'en voulait, quant à une adoption officielle, c'était de toute évidence, en temps de guerre, absolument impensable. L'employé l'avait donc dirigé vers le médecin de garde qui n'avait opposé aucune résistance à le laisser accéder à la nurserie. Il lui avait fait signer une décharge et l'infirmière avait rempli son rôle avec une grande bienveillance. Elle lui avait confié un peu de layette, un manuel de puériculture et un biberon stérilisé empli de lait optimisé pour le voyage.

Il n'était pas très à l'aise en portant ce tout petit être. Mathilde l'avait senti et, avec précaution, elle l'avait guidé, glissant sa main sous la minuscule tête au duvet intense pour la déposer au creux de son bras. Le curé était fasciné par l'enfant. Il en avait déjà tenu des nourrissons sur les fronts baptismaux, mais jamais il n'avait imaginé une telle rencontre. Ce petit homme bousculait le fondement même de son sacerdoce. Il l'avait porté par une voie détournée au cœur même de sa mission, avait fait vibrer en lui la fibre de la transmission de vie. Il l'avait éveillé au vrai sens du mot « père ».

— Pourquoi vous occupez-vous de cet enfant, mon père ? avait osé Mathilde alors qu'il s'engageait dans l'escalier.

— Parce que l'Amour doit prévaloir en tout temps, avait-il répondu. L'Amour nous sauvera, il est la vie. J'ai un avenir à lui offrir.

Ces paroles lui avaient fait un bien fou.

Dans les années qui avaient suivi, par trois fois, l'infirmière lui avait fait passer le message qu'un enfant du pays de Buch, métis, avait été déposé au bureau de l'assistance. Par trois fois, il avait parcouru le même chemin. C'était la voie qu'il avait sollicitée si ardemment en prière qui s'ouvrait à lui. La voie de l'Amour. Ainsi étaient arrivés Aimé, Jacques, Margot et Paul à la ferme Cazalviel. Seule la famille d'Aimé lui était connue. Il avait gardé le silence jusqu'alors. Camille faisait figure de rien, venait aux offices, baissait les yeux lorsqu'elle le croisait. Au confessionnal, elle avait demandé l'absolution. Il lui avait remis ses péchés avec compassion, se disant que son âme pouvait aller en paix maintenant, puisqu'il avait œuvré à la réparation de la faute. Le Seigneur est Amour et Vérité. Mais entre Sa vérité et celle des hommes bien-pensants…

Il avait commencé à redouter que le petit univers caché de la ferme Cazalviel soit en péril lorsqu'au cours d'une discussion dans la maison paroissiale, l'épouse du commandant de la base avait parlé d'un véritable scandale qui avait mis son mari de fort méchante humeur. « Vous rendez-vous compte, un enfant illégitime ! Métis de surcroît, une femme de pilote, c'est indigne. L'information a été transmise par le médecin chef de l'assistance. » Le sourcil levé, les lèvres pincées, la médisance en étendard, la charité oubliée. Comme ces après-midi de patronage lui pesaient ! Peu nombreuses étaient les épouses de la base à ne pas participer à la préparation de la fête de l'Assomption. Cette année, une bénédiction devait avoir lieu depuis le lac. Toutes avaient pour souci unique de rester au cœur du sérail, au plus près de celle qui avait l'oreille du commandant. Un écœurant balai de faux-semblants affairés à la fabrication de fleurs de papier pour honorer la Vierge Marie qui arrangeaient de la belle manière une pauvre fille dont elles ne savaient rien. Le curé se remémora alors la visite d'Hélène, sa curiosité insistante. Ne la voyant pas, il décida de se rendre chez elle. Il était loin de se douter de ce qui l'attendait. Il avait compris dès qu'Anna lui avait ouvert la porte. Ainsi donc, la fille de Camille travaillait chez les Duménieu. En la regardant, il ne put s'empêcher de retrouver les traits d'Aimé. Il avait les yeux de sa mère. L'arrivée d'Abélie, l'aveu immédiat des mensonges faits et la prière d'indulgence l'avaient placé dans une position impossible à tenir. Il était seul à connaître la suite de l'histoire. Unique dépositaire de l'identité de cet enfant.

Dans cette vérité aujourd'hui, il devait faire un effort pour trouver le chemin de l'amour. L'amour maternel, l'amour fraternel, l'amour de Dieu, l'amour du prochain. Fallait-il avoir à choisir entre l'un ou l'autre ? Il était entré au séminaire pour servir, voulant faire de sa vie une œuvre à la gloire de l'amour de Dieu, avait-il dit à l'évêque venu à sa rencontre. « Le chemin de l'autre est le chemin du Christ », avait répondu monseigneur. Ce chemin, de tous les autres, était le plus difficile à suivre. Il avait le sentiment de s'être perdu.

Aujourd'hui, dans la cour de la ferme, il n'a d'yeux que pour Aimé, l'aîné de ses filleuls, celui qui l'a dépossédé de sa plus intime conviction, qui a fait voler en éclats l'ordre bien-pensant de l'Église, de la conception des enfants, du mariage. Il n'y a pas plus doux, plus sensible, plus reconnaissant ni plus vif d'esprit qu'Aimé. Cet enfant est lumière, vie et plaisir, joie et amour. Il est à l'image de Dieu, a-t-il toujours pensé.

— Viens, entre, je vais te servir de l'eau fraîche, propose Marthe. Avec ce temps et ce chemin, tu dois être aussi sec que les cailloux.

Assis autour de l'unique table, dans la pièce aux poutres noircies par la fumée de la cheminée, ils entendent piailler les enfants dehors. Ils sont libres et jouissent de cette liberté avec l'insouciance des plus jeunes. Leurs jeux sont heureux.

Il ne veut pas l'abandonner, il ne souhaite pas la faire souffrir, mais il sait qu'il n'a d'autre choix. Il regarde sa sœur droit dans les yeux et pose sa main sur la sienne.

— Marthe, il va falloir qu'Aimé parte. Je sais qui est sa mère.

Comme saisie par une violente brûlure, elle retire ses doigts et serre le poing contre sa poitrine. Sa figure se décompose. Elle ravale de la salive qui peine à venir. Entre elle et son désespoir, il y a la pudeur, le refus de l'esprit de comprendre ce que le cœur rejette et l'idée d'une mère légitime à qui elle reconnaît le droit d'aimer. Le droit d'Aimé.

Il ne reste que du silence. Le temps se cristallise. L'instant fragile tient en suspension un temps infini entre la seconde précédente et la seconde suivante. Marthe lève la tête pour que les larmes ne viennent pas à couler le long de ses joues. Elle inspire, s'emplit encore une fois du même air que l'enfant qu'elle aime.

— Quand ?

— Je ne sais pas encore, mais avant l'automne.

— Crois-tu qu'il sera heureux avec elle ? Elle l'a déjà abandonné une fois.

— Elle n'a pas eu d'autre choix.

— On a toujours le choix.

— Non, Marthe. Pas toujours.

— Où était-elle toutes ces années ? Pourquoi aujourd'hui ? Pourquoi ?

Demander à sa sœur un tel renoncement, une résignation sans condition, c'est la vouer au désespoir. Une impuissante colère s'empare d'elle. Il l'entend dans son silence, il le voit dans l'immobilité d'un regard révolté. Il lui en coûte tellement aussi à lui, mais il ne peut en être autrement. Ni fatalisme ni acceptation. Simplement un état de fait. Aimé a été enlevé à sa mère, contre sa volonté. Il s'agit d'un rapt d'enfant et non d'un abandon. Il n'est pas honnête de cautionner cela, encore moins d'en être complice maintenant qu'il le sait. Il a passé la nuit agenouillé au pied du lit. La tentation était grande de ne rien dire, de ne rien faire, car à part l'infirmière, qui aurait pu savoir ? Les deux jeunes dames ? Elles cherchent, mais elles pourraient se lasser. Il aurait aussi vite fait de les envoyer sur une fausse piste. Il protégerait Marthe, les enfants recueillis. Il garderait pour lui son petit monde de la ferme Cazalviel. Replié sur lui-même, il résiste. Ne pas succomber à cette voix, ne pas subir l'hégémonie de sa condition humaine, mais s'élever plus haut. Voir l'œuvre de sainteté, l'amour absolu, celui qui entrera dans le Tout parce qu'il est souverain. Au-delà de lui. Au-delà de Marthe. Pour Aimé. Pour Anna.

Libourne, 30 septembre 1922

Cher Monsieur Mouton
Hélène a fait un accouchement parfait dans lequel il a fallu cependant l'aide d'un docteur, car l'enfant se présentait par le bassin.
J'ai tenu cependant à ne pas vous cacher qu'elle avait pris froid pendant son accouchement et qu'elle avait un point de pneumonie au sommet du poumon droit. Je ne vous cacherai pas que son état est de quelque gravité sans cependant qu'il y ait un danger quelconque. D'ailleurs si les complications devenaient alarmantes je vous préviendrais immédiatement.
Hélène ne veut pas que je vous écrive. Nous lui avons caché la gravité de son mal, ce qui l'aurait trop frappée. Écrivez-lui comme si rien n'était et je vous tiendrai chaque jour au courant de sa situation. La fièvre l'a prise hier et le docteur lui a dit qu'elle faisait un peu de grippe. Croyez qu'elle sera bien soignée près de maman et avec moi. Le docteur vient deux fois par jour ainsi que la sage-femme.
J'espère cependant que tout ira pour le mieux, mais vous devez comprendre que j'ai perdu un peu de sang-froid et que j'oublie en cette circonstance bien des paroles qui pourraient vous rassurer. Écrivez à Hélène : 9 rue Fonneuve et à moi chez Madame Angle, 11 rue Fonneuve, Libourne.
Affectueusement,

Roger Duménieu

TÉLÉGRAMME

01/10/22

À Mouton, 12 rue de Guise, Soissons

Hélène décédée 31 septembre. désirez-vous transport corps à Soissons ?

Roger

TÉLÉGRAMME

02/10/22

À Mouton, 12 rue de Guise, Soissons

Arrivée cercueil Soissons vendredi 9 heures.

Roger

TÉLÉGRAMME

04/10/22

À Mouton, 12 rue de Guise, Soissons

Service religieux fait. Hélène partie. Serai Soissons vendredi matin. Courage.

Roger

Épilogue

Drôle d'équipage ! Le curé devant, Madame Abélie qui conduit et moi derrière, pas rassurée. C'est la première fois que je monte dans une automobile. J'ai fermé la maison du Courneau pour la dernière fois. Madame Hélène est morte. Ça me fait peine. Je l'aimais bien, Madame Hélène. J'en ai pleuré. Longtemps. Sa petite, sitôt née et déjà sans maman. C'est que la vie est parfois si mal faite que c'est à se demander à quoi ça sert. J'ai aidé Monsieur Roger à ranger, vider la maison. Il part. Après les obsèques à Soissons, il n'est pas revenu une seule fois passer la nuit. Il ne mange plus. Ne dort plus non plus. Quel malheur ! Sa petiote a été confiée à une cousine qui avait un nourrisson elle aussi, elle la nourrira et s'en occupera tant qu'il le faudra.

Je devais laisser les clés chez Madame Abélie. Lorsque j'ai déposé mon vélo contre la charmille devant la maison, elle m'attendait avec le curé. Ils étaient silencieux tous les deux et me regardaient. Trop sérieux, j'ai eu peur sur le coup. Madame Abélie m'a annoncé qu'elle avait une bonne nouvelle pour moi. J'ai pensé qu'elle voulait me prendre à son service, ce qui aurait été plutôt bien parce que retourner aux huîtres avec la mère, j'y tiens pas trop. Mais elle m'a dit qu'il fallait aller avec elle, en automobile jusqu'à Mios. Le curé avait un air de conspirateur au point que j'ai bien hésité.

Je me souviens de la route de cailloux blancs. La voiture levait tant de poussière qu'elle nous effaçait dans un nuage. On était passé dans les landes, des pins encore et toujours des pins, je ne savais même plus où on était. Le curé a fait signe à Madame de prendre à droite. Alors j'ai vu la ferme. Pas bien grande, mais jolie avec ses colombages et ses murs blancs. Le séchoir à côté et l'étable derrière. La voiture s'est arrêtée. J'avais les yeux tout secs à cause de la poussière et du vent. Je les ai frottés et quand j'ai enlevé mes mains de devant ma figure, j'ai aperçu une femme et derrière elle quatre marmots. Le prêtre est descendu pour aller l'embrasser. Madame Abélie m'a dit quelque chose que je n'ai pas entendu. Je regardais, mais j'y comprenais rien. C'est ma tête qui n'arrivait pas à se fier à ce que je voyais. J'avais trop peur d'être déçue. Alors le curé s'est avancé et m'a tendu la main. J'ai obéi, je suis descendue dans la cour, incapable de sortir un mot, juste mes yeux qui ne pouvaient se détacher des enfants. C'est vrai que le bonheur, quand il vous tombe dessus aussi vite, il vous enlève l'intelligence. Je voyais, je n'y croyais pas.

Il était là.

Marthe m'a pris la main, elle a posé dedans celle d'Aimé. Elle m'a souri, avec plein de larmes.

Jamais je la remercierai assez du cadeau qu'elle m'a fait.

Depuis ce jour, je vis à la ferme Cazalviel. On n'est pas trop de deux avec Marthe pour tout le travail et les enfants. Chaque jour, on s'apprend avec Aimé. On prend le temps, c'est précieux. Quand il sera plus grand, je lui parlerai de son papa. Je lui dirai quel homme fier, courageux et droit il était. Je lui dirai qu'il est l'enfant de l'amour et ensemble on ira chercher l'histoire de Yao, même en Afrique s'il le faut.

Madame Abélie est revenue en décembre, porter des cadeaux aux petits.

Le sien viendra au printemps, ça se voit bien maintenant.

Remerciements

À la mémoire d'Hélène.

Partout, là où je suis, là où sont :
Jacqueline †
Patrick, Hervé †
Vincent, Benoît, Bénédicte, Alexandre, Cécile, Florence, Isabelle, Fanny, Damien, Adrien, Sophie, Eddy, Myrtille, Nils, Lise, Artus, Rose, Louis, Diane, Augusta, Adélaïde, Alma, Ulysse, Virgile, Olivia, Lucile, Lisa, Gaspard, Marion, Mathilde, Alexis, Clotilde, Garance, Céleste...

Merci Hélène, d'avoir bousculé l'avenir, d'avoir choisi la vie.

Achevé d'imprimer en mars 2020
sur les presses de la Nouvelle Imprimerie Laballery
58500 Clamecy
Numéro d'impression : 003102

Imprimé en France

La Nouvelle Imprimerie Laballery est titulaire de la marque Imprim'Vert®